엇 모 리

엇 모 리

최희영 소설집

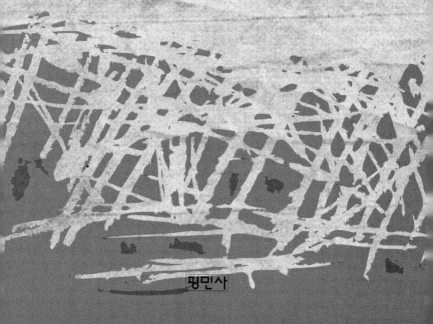

평민사

차례

작가의 말

봄 날씨가 아무리 변덕스러워도 봄은 꽃을 피운다. 성급하지도 더디지도 않게. 그렇다고 확신도 없이 꽃을 피우지는 않는다. 그러나 봄은 위태로운 계절임이 분명하다. 봄은 우리네 장단이면서 오금을 저리게 하는 장단, 마치 엇모리 장단 같다.

'엇' 이란 접두어는 분명 '어긋나다, 조화롭지 않다' 는 뜻으로 낱말 앞에 붙여 본디의 뜻을 부정해 버린다. 인생살이와 너무 닮았다. 인생살이가 어찌 계획한 대로 되겠는가. 사람은 부모로부터 조건 없이 태어나 의식이 없을 때까지는 부모의 인생살이에 더부살이로 시작한다. 그리고 성장하면서 부모의 세상살이가 자신의 것과 다를 수 있다는 것을 막연하게 깨달으면서 본인의 인생살이를 계획한다. 이것은 구체적이지 않지만, 막연하게 자신의 일생계획을 세우게 된다. 이를테면 나는 커서 대통령이 되겠다든지, 아니면 테레사 수녀처럼 병들고 가난한 사람을 돕겠다든지 따위의 계획이다. 그렇지만, 이 계획 또한 오래가지 못한다. 왜냐하면, 세상살이가 뭔지 어떻게 사는 게 옳은지 가늠하기 쉽지 않기 때문이기도 하다.

나도 그런 적이 있었다. 초등학교 3학년 때인가 싶다. 만화를 아주 잘 그리는 초등학교 친구 형이 있었다. 그 형을 졸졸 따라다니면서 만화 그리기에 몰두했다. 그런데 어떻게 그릴 것인지 무엇을 그릴 것인지에 봉착하게 되었다. 그래서 만화가게에서 만화를 사기로 마음먹고, 안방 장롱에 꼭꼭 숨겨두었던 어머니 지갑에서 훔쳐낸 돈으로 만화를 샀다. 그리고 그 만화를 따라 베끼면서 그 형처럼 만화를 잘 그리는 만화가가 되겠다고 꿈을 꾼 적이 있었다. 결국, 돈을 훔친 게 들통이 나서 아버지에게 죽지 않을 만큼 두들겨 맞은 기억이 아직도 생생하다. 그렇다고 내가 줄기차게 만화가가 되겠다고 고집한 것도 아니었고, 만화가가 된 것도 아니다. 그것은 당시 일시적인 호기심 정도라고 봐야 옳을 듯하다.

그렇지만, 세상에 대한 의식이 들었다고 해서 세상살이가 자신의 의식대로 살아지는 것 또한 아니다. 대학에 들어가면서 마주하게 되는 훌륭한 집안에서 가정교육을 잘 받은 친구들이나, 지식을 가르치는 대학교수 같은 수많은 지식인, 그들로부터 얻은 지식으로 새로운 세상살이를 계획하게 된다. 이때는 좀 더 깊이 있게 세상과 자신을 비교하기 시작하고, 적어도 '내 삶은 이 정도는 돼야 해' 라고 자신 있게 계획을 세우지만, 이 또한 험한 현실에 부딪혀 좌절하게 되고, 본인 자신도 알 수 없는 세상 속으로 빠져버린다. 이것이 우리가 살아가는 세상살이가 아니던가.

결국, 대부분의 사람은 조화롭지 않은 세상살이 언저리를 맴돌다 결혼을 하게 되고 자식을 낳고 그 자식을 출가시키고 나면 인생은 마지막에 이르게 된다. 이것이 우리의 세상살이다. 만약 어떤 사람이 자신의 의지대로 삶을 살았다면, 그 사람은 분명 훌륭한 선각자일 것이다. 이를테면 석가님이나 예수님은 아니더라도 적어도 자신의 삶을 산 사람일 것이다.

나는 선각자들의 삶에는 관심이 없다. 왜냐하면, 그들의 삶은 누구나 인정하는 훌륭한 삶이 맞을 테니까. 그렇다면 그들의 언저리를 맴돌면서 살아야 했던 사람들은 무엇인가. 나는 언저리를 도는 사람들에 대해 이야기하고 싶었다. 즉, 계획하지 않았던 세상살이로 내몰렸던 언저리 이야기를 소설로 쓰고 싶었다. 진정 그들이야말로 우리네 인생살이가 아니겠는가. 역사에 남지도 않고, 남길 수도 없는 그들의 세상살이, 너무 매력적이지 않은가. 나는 그들의 이야기를 세상에 내보이고 싶었다. 그들의 세상살이야말로 그들의 의식과는 다르게 '엇' 되게 세상을 살아가는 모습일 테니까.

2016년 가을에
삼정(三井) 최희영

겨울여행

어둑해질 시간인데 골짜기는 온통 하얗다. 눈 때문인지 도로는 도드라져 고갯길 초입까지는 오히려 가깝게 보인다. 박 속이 이처럼 하얗까. 어머니가 타던 속살이 하얀 박을 생각한다. 아니 박 속처럼 깨끗한 세상을……. 나는 이내 머리를 좌우로 흔든다.

뒷골이 우지끈거린다. 두어 시간 운전했을 뿐인데 그새 승용차 안은 이산화탄소로 채워진 것일까. 차창을 열고 담배 한 개비를 입에 문다. 퍽퍽한 공기가 가슴 깊숙이 빨려 들어온다. 딸아이의 애틋한 전화 목소리. '아빠 아직도 담배 피워?' 건강을 염려한 말이었겠지만, 왠지 쓸쓸하다. 담배 연기가 회오리바람을 일으키며 사이드미러를 휘감는다. 무표정한 아내와 딸아이의 맑은 눈빛이 눈바람을 따라 골짜기 끝으로 이지러진다. 나는 그때야 목적지를 생각했다.

일요일 아침, 전국명소를 소개하던 텔레비전 프로그램이 기억났다. 가파른 절벽에 부딪히는 하얀 파도, 노쇠한 뿌리로 겨우 벼랑에 버틴 소나무 서너 그루, 언젠가 가보고 싶었던 곳이었다. 이 길로 곧장 가면 그곳에 도착할 수 있을 거라는 막연한 생각을 했다.

가로수 길이 끝나고 비탈길로 접어드는데 멈췄던 눈바람이 몰려왔다. 몸으로 차체를 가누고 전조등 방향으로 시선을 집중시켰다. 그때 쾅 하는 소리와 함께 전조등이 허공을 갈랐다. 온몸에 식은땀이 흘렀다. 사이드 브레이크를 당기고 혹시 있을 목격자를 살폈다. 다행히 전조등 불빛만 건너편 계곡에 박혀 파르르 떨었다. 사오 미터 전방에 물체 형상이 드러났다. 눈 위라서인지 유난히 또렷했다. 네 다리를 앞으로 뻗은 고라니였다. 사방으로 튀긴 붉은 피가 눈 속에 묻히고 있었다.

나는 안도의 한숨을 쉬었다. 그러나 고라니는 영물이라 총으로 죽여야 한다던 아버지 말씀이 언뜻 스쳐 섬뜩한 생각이 들었다. 아직 숨통이 끊어지지 않았는지 꽉 다문 입가 잔털이 파르르 떨었다.

이놈도 먹을 것을 찾아 마을 텃밭으로 내려 왔다가 가족이 있는 곳으로 돌아가는 중이었을 것이다. 제 어미가 그랬듯이. 가족이란 보호하고 지킬 수 있을 때 비로소 존재하는 게 아니던가. 동물도 사람과 다르지 않을 터.

죽으려고 환장한 놈……. 나는 다행이라는 생각을 하면서도 아버지의 말씀이 머릿속을 맴돌아 서둘러 자리를 떠날 수 없었다.

함박눈이 도심 고층빌딩에 점점이 박히고 있었다. 늦은 밤인데도 창문마다 비치는 훤한 불빛, 누군가가 가족을 지키기 위한 몸부림을 치고 있을 것이다.

전화가 걸려왔다. 누굴까? 나는 반사적으로 벽에 걸린 시계를 보았다. 열 시가 조금 지나고 있었다. 업무 노트를 폈다. 늦은 시간에 당직실을 두드리는 전화. 잘못 걸려온 전화거나, 당직자의 음주로 보안 문제가 가끔 발생하기도 해, 정위치를 확인하려는 총무팀장의 전화일 수도 있어, 나는 긴장을 늦추지 않았다. 그리고 조심스럽게 수화기를 들었다.

"여보세요?"

"L 부장이 추락했습니다!"

판교아파트 건설현장 안전과장의 다급한 목소리였다. 공사현장에는 기능공들의 추락 사고는 더러 있어도, 현장소장이 추락하는 일은 드문 일이었다.

나는 안전과장에게 보고받은 내용을 본부장에게 먼저 알리고, 사고현장으로 승용차를 몰았다. 초겨울 눈이라서 도로는 차들로 북새통이었다.

현장소장은 대학 선배인 L 부장이었다. 얼마 전, 그가 서울근교 아파트건설 현장소장으로 발령 난 것을 회사 소식란을 보고 알았다. 그 당시 L 부장은 인사부 대기자로 수개월을 버티고 있을 때라 의외의 발령이었다.

내가 사고현장에 겨우 도착했을 때는 119대원들이 L 부장을 구급차에 옮겨 싣고 있었다. 흰 가운에 가린 그의 표정을 볼 수는 없었지만, 이번 사고가 왠지 우연이 아니라는 생각이 들었다.

사고보고를 위해 평소보다 이른 시간에 출근했다. 본부장에게 사고 경위는 전화로 보고했지만, 공무과장에게 지시한 보고서 내용을 검토할 참이었다.

사무실 출입문을 열자 욕하는 소리가 중역실 바깥으로 흘러나왔다.

"야, 이 새끼야 사고가 났으면 빨리 보고를 해야 할 거 아냐?"

"……."

"말을 해 봐?"

본부장은 벌써 출근을 한 것 같았다. L 부장의 추락사고 보고서를 공무과장에게 추궁하고 있었다. 그의 욕지거리에 사무실은 살얼음판이었다. 평소 같으면 보고 방향을 나와 상의했을 텐데, 뜬금없이 공무과장에게 욕설을 퍼붓는 본부장이 생뚱맞다는 생각이 들었다. 가끔은 엉뚱한 구석이 있긴 해도 이런 중대 사고를 공무과장에게 타박만 하다니, 선뜻 이해가 되지 않았다.

본부장의 의도가 무엇이었던지 나는 자존심이 상했다. 업무가 많을 때는 힘들어서 불평도 하지만, 내 업무를 다른 누구에게 시킨다면, 이 또한 불편한 일이다. 지난번 영업회의 때 입찰가격 문제로 본부장과 언쟁을 벌인 일은 있어도 그만한 일로 나를 따돌릴 정도의 위인은 아니었다.

본부장은 생각보다 화가 많이 난 것 같았다. 목소리가 점점 커지더니 서류 던지는 소리가 들렸다.

"미친놈! 직원이 사고를 당했으면 원인이 뭐가 됐던 가족을 찾아 사과부터 하는 게 우선이지."

나는 혼잣말로 본부장을 빈정거리기는 해도 당최 개운하지 않았다.

삼삼오오 모인 직원들은 L 부장 추락사건에 관한 이야기로 소란스러웠다. 관심은 단연 투신이냐 안전사고냐였다. 이를테면, 투신이라는 축들은 마누라가 바람이 났다느니, 비리에 연루되었다느니 하는 따위였고, 다른 축들은 야근하는 기능공들을 확인하기 위해 가설 계단을 오르다 실족했다는 축들이었다. 의견이 양분된 가운데 L 부장의 소문은 회사 구석구석에서 분분했지만, 그의 의식이 돌아오지 않는 한 아는 방법은 없었다.

회사는 안전사고 전담반을 만들어 회사와 무관함을 증명하려 할 테고, 보험회사는 사고원인 규명에 초점을 맞출 것이다. 그리고 그의 가족은 회사와 보상금 협상에서 절대 우위를 점하기 위해 최대한 불쌍한 표정을 지으며 안전사고 전담반에 호소하거나 노동부에 고발하여 회사를 협박하려 할 것이다. 거기에다 노동조합도 사원복지를 이유로 한몫

거들려고 할 것은 자명한 일이다.

만약, L 부장이 투신이라면 자필로 쓴 유서나 메모지라도 발견되어야 하는데, 경찰의 사고현장 조사결과 유서 따위는 찾아내지 못했다고 했다.

L 부장 추락사건은 그의 의식이 돌아올 때까지 미궁으로 빠져들 수밖에 없었다.

건설현장의 안전사고는 실족 사고가 대부분이지만, 직원들의 자살사건도 더러 발생한다. 직원들의 근무지가 오지인 경우에는 자녀들의 육아와 교육을 위해 가족과 헤어져 살아야 한다. 어쩔 수 없이 주말에나 집에 들르는 남편을 좋아할 아내는 없을 것이다. 사춘기 자녀가 있거나 신혼인 직원 아내는 아내대로 직원은 직원대로 이를 극복하지 못해 가정 파탄을 겪는 경우도 더러 보았다.

사경을 헤매던 L 부장은 3개월여를 식물인간 상태로 있다가 가까스로 의식을 회복했다고 했다. 직원들은 그를 두고 기적이라고 했다. L 부장은 그 이후 수개월 더 치료하고 퇴원과 동시에 퇴사했다.

회사와 질기게 투쟁하던 그의 갑작스러운 퇴사가 의아했지만, 누구도 그의 퇴사 이유를 알려고 하거나 아는 직원은 없었다. 그리고 그의 퇴사로 직원들 사이에서 떠돌던 소문도 이내 잠잠해졌다.

　내가 현장 근무할 때였다. 영업팀을 맡아 달라는 본부장의 제의가 있었다. 이례적인 일이긴 해도 그의 말은 진지했다. 나도 다른 팀보다 승진이 빠른 영업팀에 늘 관심이 있었다. 그런데, 영업팀에는 대학 선배인 L 부장이 팀장을 맡고 있었던 터라 선뜻 대답할 수가 없었다. L 부장은 최근에 영업실적 문제로 본부장과 마찰이 잦다는 소문이 있어도 그는 여전히 힘 있는 능력자였다.

　한 달 뒤, 나는 영업부로 발령이 났다. L 부장을 무너뜨렸다는 쾌감은 있었지만, 찜찜한 속내는 편하지 않았다.

　자의 반 타의 반으로 영업팀으로 부서를 옮겼지만, 상황은 만만하지 않았다. 생소한 업무도 그랬고, L 부장을 따르던 직원들과 의견 충돌은 피할 수가 없었다. 그럴 때마다 본부장은 내 손을 들어주었다. 어차피 힘의 논리가 적용되는 곳이었다. 그들의 생사여탈권을 본부장이 쥐고 있는 한 나를 밀어낼 수 없다는 것을 팀원들은 금세 눈치를 챘다. 그리고 L 부장은 인사부 대기발령이 났다.

나는 본부장과 외근할 경우가 많아 본부장의 가방은 항상 내 차지였다. 창피하긴 해도 영업팀에 온 이상 이 짓은 숙명이었다. 처음 몇 번은 멋쩍기도 했다. 그러나 금세 익숙해졌다. 게다가 본부장과의 잦은 술자리와 사우나 행은 점차 친근감으로 바뀌었다. 그리고 본부장과 같이 외출하는 것만으로도 팀원을 압도하기에 충분했고, 그가 무심코 흘리는 말은 고급정보였다. 이쯤이면 그 누구도 나를 얕잡아 볼 수 없었다.

퇴근 시간이 가까워지면 으레 내 휴대전화에 본부장 메시지가 뜬다.

[조 부장 한 잔 해야지? ㅎㅎㅎ]

휴대전화를 손에 든 본부장 뒷모습이 중역실 창 넘어 보였다.

[그러시죠! 본부장님 ㅋㅋㅋ]

나는 냉큼 문자를 보냈다. 마치 의무인 것처럼.

지난밤 본부장과 먹은 술 탓인지 오전 내내 화장실을 들락거렸다. 오늘은 그냥 갔으면 좋겠는데……. 머리카락 몇 올을 민둥한 이마에 감아올린 본부장이 엄지를 들어 올리며 아는 체를 했다.

"하루 거르면 목구멍에 가시라도 돋나. 하긴, 어차피 일찍 퇴근해봐야 반기는 사람도 없지만."

나는 혼자 중얼거리며 화장실을 찾았다. 어젯밤 본부장과 새벽까지 먹었던 술이 과했는지 아랫배가 살살 아팠다. 좌변기에 궁둥이를 붙이고 배설을 하려는데 화장실 문 열리는 소리와 직원들의 쑥덕거리는 소리가 들렸다.

"어젯밤 명동에서 조 부장 봤어."

"누구랑?"

"말해 뭐해."

"그 인간 너무 한 것 아냐? 완전 뻥 돌았던데!"

"그러다가 손금 다 닳겠다. 미친놈!"

공무팀 직원들이었다. 미친놈들 자기들 오지랖이나 잘 가리지. 나는 아내와 딸아이를 떠올렸다. 그리고 직원들의 쓸데없는 오지랖을 오줌에 섞어 변기 속에 쑤셔 박아버렸다.

부서 단합대회가 북한산 비봉에서 있었다. 나에게 이번 행사는 여느 때와 달랐다. 정년이 가까워진 탓도 있지만, 중역으로 승진도 하고 싶었다. 중역은 직장인의 꽃이다. 이 기회를 잡기 위해 삼십 년을 고개를 숙여왔다. 나는 아내와 딸아이에게 한 번쯤은 자랑스러운 남편이고 아버지가 되고 싶었다.

캐나다로 유학 간 딸아이가 돌아올 날도 얼마 남지 않았다. 달력에 그려진 붉은색 동그라미가 눈에 띄게 많아졌다. 나라고 회사를 때려치우고 싶을 때가 없겠는가. 이유 없이 본부장에게 쌍욕을 먹을 때는, 당장 책상이라도 엎어버리고 때려치우고 싶은 마음이야 굴뚝같아도, 딸아이 유학비만 생각하면 나는 무슨 짓이든 할 수 있었다. 이제는 남편과 아버지의 능력을 보여주고 싶었다.

나는 다른 직원들보다 행사장에 먼저 올라가 제물이며 축문을 준비해 본부장에게 잘 보이고 싶었다. 기회란 항상 오지 않는 법이다.

북한산 등산로 입구에는 며칠 전 내린 눈이 낙엽을 베고 누웠다. 모든 것을 덮어 버릴 것 같이 힘차게 퍼붓던 함박눈이었다.

나는 비탈길로 접어들었다. 숨이 가쁘고 몸은 말을 듣지 않아도 나이 탓으로 치부하기에는 이르다. 나는 이를 악물고 걷고 또 걸었다. 그러나 내가 도착하기도 전에 산신제는 이미 시작했다. 축문은 누군가 읽고 있겠지……. 직원들이 재배하는 모습도 보였다. 올해는 제발 승진 좀 시켜 달라고 산신에 기도드릴 참이었는데…….

내가 제사장에 도착했을 때 산신제는 끝나 가고 있었다. 본부장은 음복주와 과일을 등산객들에게 나누어 주고 있었다. 동료들도 남은 제물을 정리하거나 하산 준비를 하고 있었다.

산신제가 끝나면 동료들은 뒤풀이를 챙겼다. 그런데 무슨 까닭인지 서둘러 하산하고 있었다. 그리고 눈에 띄지 않는 동료들, 그들은 왜 참석하지 않았을까. 휴가라도 간 것일까. 아니면 집안에 무슨 일이라도 있는 것인가. 그렇다면 혹시 권고사직이라도……, 그럴 리가…… 나는 머리를 가로저었다.

지인 몇 명을 떠올려 보았다. 회사 후배 K, 동료 C ……, 몇 해 전 아파트 건설현장에서 추락했던 L 부장……, L 부장은 아직도 나에게 좋은 감정은 아닐 터, 나는 그 당시 화해를 하고 싶었으나 차일피일 미루다 기회를 놓치고 말았다. L 부장이 조용히 회사를 그만둔 것이 의문스럽기는 했어도 이유를 말해주거나 알려고 하는 사람도 없었다. 나도 마찬가지였다. 그와의 관계가 회사생활에 악영향을 미칠 수도 있기 때문이었다. 비겁하고 졸렬한 짓이긴 했어도 어쩔 수 없었던 선택이었다. 그때가 지금이라도 나는 모른 척했을 것이다. 아무튼, L 부장이라면, 오늘 이 기분을 조금이라도 이해해 줄 것 같았다.

체면불고하고 휴대전화기를 꺼내 들었다. 다행히 그는 전화를 받았다. L 부장과 오래전에 가끔 들렀던 술집으로 장소를 정했다.

네온이 거리를 화려하게 수놓았고 밤바람은 도심 언저리를 맴돌고 있었다. 경기가 어렵다 해도 술집은 달라진 게 없어 보였다. 어둑한 전등, 낡은 테이블, 와자지껄한 분위기도 그대로였다. 몇 테이블에서는 벌써 술판이 벌어지고 있었다.

먼저 도착한 L 부장의 이마에 전등불빛이 산란했다. 입을 다문 채 술잔만 기울이는 그의 모습. 아직도 나에게 앙금이 있는지 몹시 딱딱한 표정이었다. 하기는 쉽게 풀어질 일이 아닐지도 몰랐다.

생맥주 두어 잔 돌아가자 나도 L 부장도 어지간히 술이 올라왔다.

"선배 미안했어요."

"뭘?"

"아니, 뭐⋯⋯."

생각해 보니, 무엇이 미안했는지 정리가 되지 않았다. L 부장은 나를 힐끗 쳐다보더니 의자를 테이블에 바짝 끌어 당겼다.

"야! 너 참 용하다? 자네가 이리 오래 버틸 줄 몰랐어, 존경스럽다."

"죄송해요."

나는 일단 죄송하다고 했다. 그리고 그가 무엇을 말하고 있는지 짐작이 갔다. 본부장 밑에서 지금껏 버티는 게 용하다는 뜻일 게다.

"죄송하기는 다 지난 일인데⋯⋯, 괜찮아."

L 부장은 멀거니 창문을 바라보며 긴 한숨을 쉬었다.

"어떻게 지내요?"

나는 그의 근황을 슬쩍 물었다.

"그냥, 그럭저럭."

L 부장은 나를 힐끗 쳐다보고는 술잔을 뚫어지게 바라보았다.

사실, 나는 그가 의뭉하게 회사를 그만둔 것이 궁금하기도 했지만, 그보다 오히려 회사 돌아가는 분위기를 알고 싶었다. 그라면 알고 있을지도 몰랐다. 회사 정보는 오히려 OB 모임에서 더 많이 공유된다는 소문은 공공연한 비밀이었다.

짧은 정적이 지나갔다. L 부장은 취기가 오르는 건지 지난 일을 기억한다는 게 힘든 건지 한숨을 길게 내쉬었다.

"출근을 했는데, 분위기가 이상해서 회사 게시판을 검색해 봤지, 그런데 인사부로 대기발령이 났더라, 그리고 너는 영업팀으로 발령이 났고, 뒤통수를 한 대 얻어맞았다는 생각이 들더라고……. 설마 했지."

L 부장은 나를 물끄러미 바라보았다.

인사팀장과 본부장 사이의 일이라 그때 상황은 나도 정확히 알지 못했다. 솔직히 그럴만한 힘도 없었다. 어쨌든 내가 중심에 있었다는 것은 틀리지 않았다. 그렇지만 지금에야 사과한다는 게 우습기도 해 나는 뒤통수를 긁적거렸다.

"인사부장이 명예퇴직을 요구하더라. 일단 싫다고 했지, 그런데 쪽팔린다는 생각이 들데. 뭔지는 모르지만, 마누라에게 말하기도 그렇고 안 하려니 죄짓는 거 같고, 사표를 내야 할 건지, 창피하지만 버텨야 할 건지, 그만두면 뭘 할 건지 생각도 안 해 봤고 미치겠더라, 그날부터 저녁마다 혼자서 술만 퍼먹었지, 더 웃기는 건 직원들이 날 피하데, 내원······, 정말 좆같데."

나는 L 부장의 말을 조용히 듣고만 있었다. 마치 나와는 상관없었던 일인 것처럼.

"그러던 차에 노동조합장이 시간을 내어 달란다고 조합 사무국장이 찾아왔더라, 고맙기는 했지만, 고민이 되데, 만나야 할지. 말아야 할지, 사실 자네도 알겠지만, 노동조합 일이라면 내가 가장 먼저 쌍수를 들고 반대했거든, 또 노사협상이 시작되면 내가 먼저 나서서 노조를 비난했고, 쟁의가 발생하면, 노조원을 회유하고······."

L 부장은 말을 잠시 멈추더니 남은 맥주를 마저 들이켰다. 나는 그의 선택이 쉽지만은 않았으리라는 짐작이 갔다. 하긴 나도 현재 구사대지만, L 부장처럼 나대지 않았다.

"내가 무슨 낯짝으로 면담하겠니? 정말 창피하고 기가 막히데."

그 당시를 회상하는지 L 부장은 술집 천장을 잠시 바라보았다.

"어쩌겠나, 내 현실이 그런데······, 지푸라기라도 잡아야겠다는 심정으로 노동조합장과 면담하기로 마음먹었지. 도와주겠다고 하데, 쪽팔렸지만, 어쩔 수가 없더라, 젠장! 그리고 그들과 함께 긴 시간 동안 회사와 싸우기 시작했지. 힘들데 씨팔!"

만약 회사에서 나에게 명예퇴직을 요구한다면, L 부장처럼 노동조합장과 면담할 수 있을까. 나는 그럴 자신이 없었다.

"회사 압력은 버티면 되는데, 동료들 시선이 더 따갑데, 씨팔 놈들."

한숨을 푹 쉬면서 L 부장은 나를 쳐다보았다.

이해할 것 같았다. 내가 인사부에 들렀을 때마다 구석진 자리에 멍하니 앉아 있던 L 부장의 초라한 모습을 보면서 '후배들 욕보이지 말고 그만두지. 저 쪼다 같은 놈'이라고 그가 깨끗하게 그만두기를 바랐던 기억이 났다.

"때려치우고 싶었어, 자네도 당해봐라!, 뭘 해야 할지 도무지 생각도 안 나고……, 미치겠더라."

나는 회사 복도에서 L 부장을 만나기라도 하면 슬슬 피해 다녔다. 그와 말을 섞는다는 것조차 눈치가 보였던 때였다.

"힘들데, 차라리 그만둘까 고민하던 차에 현장소장으로

발령을 받았지, 내가 이겼다는 생각에 책상 밑에서 주먹을 불끈 쥐었지, 그런 기회가 올 거라고는 꿈에도 생각하지 못 했거든."

그 당시 L 부장은 직원들로부터 잊혀지고 있었다. 나 역시 그는 관심 밖이어서 그의 현장소장 발령을 인사 게시판에서 봤을 때 뜻밖이라는 생각을 했다.

"잠깐 기분이 들떠있었지. 현장으로 첫 출근 했는데 협력 업체 소장이 찾아와서 대뜸, 추가 공사대금을 요구하데, 안 된다고 했지, 으름장을 놓더라. 공정위에 고발한다고. 기가 막히데, 이 자식이 미쳤나 싶데, 그리고 공사 민원은 또 왜 그리도 많은지, 씨팔! 내가 오기를 기다렸다는 듯이 말이야. 끊임없이 밀려오는 민원은 정말 감당할 방법이 없더라. 야! 조 부장 너도 알겠지만, 공사예산이 170%를 넘었는데 내가 무슨 용빼는 재주로 공사하겠냐?"

나는 L 부장의 빈 술잔을 채웠다. 맥주 거품이 햇살에 들 킨 눈처럼 녹아내렸다.

"직원들도 말을 안 듣지. 미치겠더라. 본사에 예산증액을 요청했지, 즉시 거절당했어. 그때야 비로소 현장소장으로 발령 낸 이유가 감이 잡히데. 개자식들! 그 뒤로는 실마리

찾기가 어렵데, 끝은 보이지 않고, 그런데도 온 힘을 다하려고 했어, 어쨌든 주어진 기횐데."

L 부장의 눈에는 핏발이 엉겼다.

"더 이상은 버틸 수가 없었어, 회사에 완전히 당했다는 생각이 들더라, 씨팔! 며칠을 고민하다, 회사를 그만두려고 마음먹었는데 그것도 쉽지 않데, 시퍼런 눈으로 들이대는 마누라와 아들놈이 눈에 밟히데, 친구들과 동료의 비아냥거림은 차치하더라도 자존심이 도저히 허락하지 않더라, 씨팔!"

L 부장은 연신 욕지거리를 쏟아 냈지만, 천박해 보이지 않았다.

"별 대안이 없더라, 차라리 모든 것을 놓아버리자고 마음 먹었지."

나는 수년 전 회사에서 떠돌던 소문을 기억해 냈다. L 부장의 사건이 자살인지, 안전사고인지 소문이 파다할 때였다.

"씨팔! 재수가 없는 놈은 뒤로 자빠져도 코가 깨진다고! 그날은 온종일 눈이 펑펑 오데, 그래도 죽으려고 마음먹으니 차분해지더라, 지난 세월이 주마등처럼 눈앞을 지나가데, 행복했던 시간을 찾으려고 해봤지. 없더라. 힘들었던 기억만 나고…….."

갑자기 숙연해지는 L 부장의 모습이 아직 그때를 잊지 못하는 것 같았다. 숨을 고르는 그는 차라리 엄숙해 보였다.

"어둑해지데, 다행히 직원들은 퇴근한 것 같았고, 유서를 쓰려고 종이를 꺼냈지, 볼펜 잡은 손이 떨리더라, 씨팔! 유서는 꼭 써야 하는 줄 알았지. 쓸 것도 없으면서…….."

그의 표정만큼이나 네온불빛은 창틈을 넘나들었다.

"어두워지기를 기다리는데 왜 그리 시간이 더디 가는지…….,눈이 와서 그런지 바깥은 환하게 밝고, 그렇게 한참을 기다리다가 가설 계단을 따라 올라가면서 무언가 생각하려고 애썼어, 그런데 머릿속은 텅 빈 것 같았고 도무지 아무런 생각이 안 나데, 등 뒤에서 불빛이 비쳐 뒤를 돌아보는데 안전 난간을 놓쳐버렸어, 미끄러지면서 뒤로 떨어지는데 자재 더미에 쌓인 눈이 확 올라오데, 아찔하더라. 가설 손잡이를 겨우 잡았는데 세상이 빙글빙글 돌더니만, 씨팔! 순간 아! 죽는구나! 그뿐이었어, 정말 한순간이더구먼. 단 일 초도 안 걸린 것 같았어."

"…….."

"깨어 보니 병원 중환자실이데, 옴짝달싹도 할 수 없더라,

그냥 죽어버리지, 씨팔! 마누라가 그러데, 삼 개월이나 의식도 없었다고."

나는 그때 상황이 기억났다.

L 부장의 입가에 마른 거품이 하얗게 번지고 있었다. 목이 타는 모양이었다. 나는 그의 말을 듣는 동안 여러 번 침샘을 자극해 보았지만, 침은 나오지 않았다.

"정신을 차려보니 온몸이 붕대로 감겨있더라. 와! 미치겠데, 씨팔! 병신이라도 되면 어쩌나 별의별 생각이 다 들더라. 이렇게 살 바엔 확 죽어버리고 싶더라."

네온사인이 행인들을 죄다 태워 죽일 기세로 타오른다. 술집마다 가득 메워진 직장인들, 자신의 상사를 안주삼아 밤이 이슥해질 때까지 가슴 깊은 곳에서 스트레스를 훑어내겠지. 그리고 허기진 빈병처럼 거리를 구르다가, 정작 온몸으로 장만한 아파트 현관문 앞에서는 아무 일 없었던 것처럼 옷매무새를 바로잡고 초인종을 누르고는 허리를 굽실거리며 겨우 집으로 들어가겠지.

나는 아무도 없는 빈집을 생각해 보았다. 그래도 저들은 악이라도 쓰는 아내와 아이가 있지 않은가.

"매일 만나는 간호사, 일주일에 한두 번 나타나는 주치의의 거들먹거리는 꼬락서니, 지친 마누라 모습도 자주 눈에 들어오데. 물론 퇴원 후에도 완전한 몸 상태가 되기 어렵다는 것도 의사에게 들었어. 모든 게 귀찮더라. 일주일이면 두어 번씩 찾아오는 인사부장은 조기 퇴원할 것을 은근히 내비쳤고, 회사와 합의를 보는 게 유리하다고 졸라대는 보험회사 직원, 가끔 찾아오는 직원들, 누구를 위한 방문인지 알 수 없어도……."

그는 병원에 있으면서 몸과 마음 모두 지쳐 버렸다고 했다. 사람 만나는 것도 버거웠다고 했다. 병원생활이 길어지면서 찾아오는 사람들이 뜸해지자 자신을 돌아보게 되었다고 했다. 앞만 보고 달려왔던 지난날들에 대한 보상이 고작 이것이란 말인가. 잘못한 일도 있겠지만, 잘한 일도 많았다. 밤마다 술 취해 퇴근했던 게 개인을 위해 그랬던가. 자신에게 수없이 질문해 봐도 결론은 억울했고, 믿었던 본부장의 배신과 후배의 따돌림, 하소연할 사람도 없었다고 했다.

나를 지목하는 것 같아 가슴이 뜨끔했다. 그러나 사회란 생존경쟁에서 살아남는 자의 것이라고 했다. 지금 그 자리에 내가 서 있는 게 아닌가. 나는 기가 막혔다. L 부장의 말에 너무 집중한 탓인지 목이 말랐다. 의자를 바짝 당기면서 생맥주를 벌컥벌컥 들이마셨으나 정신은 오히려 맑아지고 있었다.

나는 퇴직하고 나면 잠도 실컷 자볼 요량이다. 그리고 마누라는 조수석에 태우고 딸아이는 뒷좌석에 태워, 나이 많은 소나무에 둘러싸인 작은 펜션에서 단 며칠간이라도 여행을 하고 싶었다. 시계를 보았다. 자정이 가까워져 오고 있었다. 아무도 없을 텅 빈 집을 상상해 보았다. 침실, 딸아이 방, 거실, 주방 식탁에 널브러진 라면 봉지, 집안 여기저기에 흩어진 옷가지, 그리고 거실 소파 한 편에 쪼그리고 있는 내 모습에 소스라치게 놀랐다.

아내가 전화할 시간이다. 집으로 전화해서 안 받으면 휴대전화로 하겠지, 한 달에 두어 번씩 오는 전화다. 처음 몇 달은 전화 기다리는 것이 희망이고 행복이었다. 그러나 최근 들어 뜸해지는 전화가 오히려 편안해지기 시작했다.

호객꾼의 소리와 취객들 비명이 버무려져 들렸다. 남은 맥주를 목구멍에 털어 넣었다. 목줄이 짜릿하다. 누구든지 한두 가지 비밀은 가지고 살지 않든가. 내가 그렇듯이……, L 부장도 자신의 오랜 비밀을 털어내고 자유로워지고 싶었을지도 몰랐다. 그의 표정은 오히려 편안해 보였다. 현란하게 타오르던 거리의 네온도 서서히 도심의 회색 위력에 눌리고 있었다.

나는 산신제에서 외면하던 직원들의 표정이 머리에 엉켰다. 이렇게 혼란스러운 날은 아내와 딸을 기억해 내면서 마음을 추스르곤 했는데, 오늘은 쉽게 마음이 안정되지 않았다.

딸아이 목소리가 오늘따라 유난히 듣고 싶었다. 고등학교만 마치고 오겠다더니 대학도 그곳에서 마친다고 얼마 전, 아내로부터 전화가 왔다. 아내의 생각인지 딸아이 생각인지 확인할 수가 없어, 나는 긍정도 부정도 할 수 없었다.

달마다 보내는 생활비는 아파트를 은행에 담보하여 얻은 융자금이다. 오늘도 내 휴대전화에는 수통의 전화와 메시지가 도배를 하고 있었다. 1588-XXXX, 문자메시지만 보아도 경기가 날 지경이었다. 행여 동료들이 볼까 봐 휴대전화는 항상 무음으로 돼 있었다. 내가 필요해 은행에 빌린 돈이지만 은행도 너무 한다는 생각이 들었다. 빌린 돈 갚기 싫은 사람도 있던가. 돈이 없으니 못 갚는 거지. 내 월급으로는 딸아이 유학비 대기에는 턱도 없이 부족했다. 거기에다 두 사람 생활비까지 감당할 수 없어 선택한 결과지만, 전화가 올 때마다 가슴이 덜컥 내려앉았다. 융자금을 갚지 못하면 아파트는 경매로 처분될 것이다. 다행히 요즘 들어 은행에서 오는 전화가 뜸하다.

나는 간단한 토스트와 우유 한 컵으로 아침을 때우고 평소와 같이 출근했다. 사무실에는 인턴 여사원 외에는 아무도 없었다. 월초라 조회를 하는 모양이었다. 최근 들어 아침 조회에 참석한 적이 별로 없었다. 늘 떠들어대는 말은 올해 수주가 적어 내년 매출이 떨어지니 영업을 열심히 하라는 말과 수주가 적으면 종업원 수를 줄일 수밖에 없다는 뻔한 말만 되풀이하기 때문이기도 했다. 나는 기회다 싶어 인사 게시판을 검색해 보았다.

　　　　전 소속 : 해외사업부 한 창 수

　　　　직　　위 : 부장

　　　　　명　　 : 영 업 부

한 부장은 내가 영업부로 오기 전까지 현장에서 같이 근무했던 괜찮은 신세대 후배로 지난해에 부장으로 승진했다. 그가 영업부로 발령이 난 것이다. 나는 가슴이 움츠러들었다.

　직원들이 우르르 몰려왔다. 조회가 끝난 모양이었다. 직원들 속에 목에 힘을 가득 세운 본부장의 모습도 보였다. 오늘따라 그가 나를 찾을 것 같아 얼른 책상 칸막이 아래로 고개를 숙였다. 점심시간에 본부장이 찾는다는 전갈이 왔다. 오늘 조회에 불참한 이유를 대라는 것이겠지. 흔히 있는 일이어서 변명거리를 열심히 찾아 중역실로 들어갔다. 본부장은 평소와 다르게 자리에서 일어나 부드러운 표정을 지으며 내 곁으로 다가왔다.

　요지는 간단했다. 자신은 그러고 싶지 않지만, 회사가 어려우니 회사를 그만두어 달라는 것이었다. 그렇지 않으면 인사부 대기 발령을 내겠다고 으름장을 놓았다. 나는 L 부장이 떠올라 담담해지려고 애썼다. 그도 이런 기분이었을까. 딸아이의 환히 웃는 얼굴. 한심하다는 듯 쳐다보는 아내. 이번 달 아내에게 송금해야 할 돈, 짧은 시간에 복잡한 생각들이 머리를 맴돌았다. 무릎이라도 꿇고 본부장에게 손을 싹싹 빌고 싶었다. 그런데 빌어먹을 눈물이 먼저 눈가를 적셨다. 그만두고 말자. 적어도 초라해지지는 말자. 나는 아무 말도 하지 않았다. 그리고 본부장실을 나왔다. 쑥덕거리는 직원들이 보였다. 아무렇지도 않은 듯 나는 출입문만 보고 걸었다.

거리에는 눈이 내리고 있었다. 차라리 비였으면 눈물이라도 감출 수 있을 것 같았다. 주머니에 손을 찔러 넣었다. 동전의 차가운 질감이 손끝에 닿았다. 나는 엄지와 검지로 동전을 쉼 없이 돌려댔다. 전철 한 번 탈 수 없는 동전 두어 개. 주머니를 벗어나면 어디론가 굴러가 버릴 것만 같은, 나는 동전 두어 개를 쉼 없이 돌려댔다. 딸아이와 아내가 캐나다로 간 뒤부터 생긴 버릇이었다.

현관 초인종을 눌렀다. 아무 기척이 없다. 연거푸 두세 번 눌렀다. 아무리 초인종을 눌러도 반응이 없을 테지만, 혼자인 것을 이웃이 안다는 게 싫어 생긴 버릇이었다. 나는 익숙한 숫자 몇 개를 눌렀다.

텔레비전에서 마감뉴스를 하고 있었다. 한강대교 아치 위에 아슬아슬하게 서 있는 사람과 도로바닥에 가지런히 놓인 구두 한 켤레가 클로즈업되는 장면에서 나는 눈을 멈췄다. 기자들의 카메라 플래시가 연방 터지고, 소방대원과 경찰은 무슨 말을 고래고래 질러댔다. 화면이 지나가고 나면 기억에서 지워질 뉴스다. 그러나 왠지 오늘은 눈을 뗄 수 없었다.

어둠이 들락거리는 새벽, 여명이 창문에 굴절되고 있었다. 아파트 베란다에서 담배 연기를 뿜어댔다. 아내의 구시렁거리는 소리에 고개를 돌렸다. 컴컴한 빈집, 아무도 보이지 않았다. 담뱃불을 비벼 끄며 휴대전화기를 살펴보았다. 아무런 흔적도 남아 있지 않았다.

"전화가 오지 않은 것일까?"

아내의 전화는 최근 들어 뜸하게 왔다. 특별히 돈이 필요할 때가 아니면 전화를 하지 않았다. 늦은 시간에 전화벨이라도 울리면 전화도 받기 전에 가슴부터 옥죄어 왔다.

아내와 딸아이가 처음 캐나다에 간 후 몇 달간 정말이지 불안하고 초조했다. 새벽이면 에누리 없이 일어나는 욕정, 일주일에 한두 번은 혼자서 해결할 수밖에 없어, 아내가 떠난 몇 달간은 정말 죽을 맛이었다. 아내가 돌아오면 행복해질 수 있을 텐데……, 요즘은 그 짓마저 시들해져 버렸다. 적어도 새벽에 겪어야 하는 고통은 사라졌다. 나는 사타구니에 손을 집어넣어 보았다. 반응이 없었다. 시간은 점점 나를 환경에 익숙하게 만들었다.

휴대전화벨이 울렸다. 알지 못하는 전화번호였다.

"조춘길 씨죠?"

"네 그런데요."

"여기 우체국인데 등기우편이 왔는데요."

집배원이 아파트로 여러 번 들른 모양이었다. 오늘 마지막으로 전화를 받지 않으면 반송할 예정이었다는 집배원의 말이었다.

"어디서 왔는데요?"

"변호사 사무실 같은데요."

"……."

경비실에 맡겨두어 달라고 부탁하고 전화를 끊었다.

수개월 전, 저녁 늦게 아내로부터 전화가 왔다. 생활비를 아무리 아껴도 부족하다는 거였고, 한국 사람이 경영하는 작은 레스토랑에서 시간제로 일하기로 했다는 것이 아내의 전화 내용이었다. 돈을 가능한 한 더 많이 보내겠다는 말을 남기고 나는 전화를 끊었다. 월급쟁이가 돈을 만들기가 어디 쉬운 일인가? 막막했다. 내 월급으로는 딸아이 등록금과 생활비를 감당하기에 턱없이 모자란다는 것을 아내도 알고 있을 것이다. 지금 아파트는 결혼 후 아내가 월급을 쪼개 청약저축을 넣은 결과였다. 궁리 끝에 아파트를 담보해 필요한 돈을 융자받아 월급으로 부족한 돈을 송금했다. 이 무렵부터 아내의 전화는 뜸해졌고, 나는 오히려 편해지기 시작했다.

경비실에서 찾아온 우편물을 가로로 길게 찢었다. 서류가 우수수 쏟아지고 메모지에 간단한 글이 쓰여 있었다.

당신 곁을 영원히 떠나려 합니다.

난 사실 지난 5년간 캐나다 생활하면서 새로운 남자가 생겼어요. 물론 당신에게는 많이 미안하지만, 몇 년 전부터 사귀던 교포와 새로운 시작을 하려고 해요.

수민은 캐나다에서 대학을 다닐 예정이에요, 물론 대학도 합격했고요.

이혼서류에 날인만 해서 변호사 사무실로 보내 주면 변호사가 처리할 겁니다.

그동안 고마웠습니다.

P. S.

나는 당신이 충분히 이해해줄 걸로 믿어요.

잘 살아요.

아내는 이미 한국에 들어왔다가 간 모양이었다. 물론 친정식구들과는 많은 이야기를 했을 것이다. 나는 손이 떨렸다. 내가 외도를 한 것도 아니고 돈을 부쳐주지 않은 것도 아닌데 무슨 말이냐고 아내에게 묻고 싶었다. 수많은 밤을 혼자 지낸 것은 아내도 마찬가지겠지만, 이 길은 우리가 선택한 길이다. 지난번 산신제를 지내고 난 뒤, 직원들이 따돌릴 때도, 본부장으로부터 명예퇴직을 종용받을 때도 지금처럼 허탈하지 않았다. 나에게는 아내가 있었고 유학하고 돌아올 딸아이도 있었기 때문이었다.

인사부에서 최후통첩을 받았다. 나는 이미 담담해져 있었다.

나는 여행을 생각했다. 벼랑에 기댄 늙은 소나무가 보이는 서해안의 작은 바닷가에서, 구름 한 점 가리지 않는 붉은 낙조를 보고 싶었다. 지난밤 먹은 술이 과했는지 늦게 일어났다. 거실 테이블에 이혼서류가 가지런히 놓여 있었다.

아내에게 전화를 했다. 신호음만 전달되고 있었다. 마지막으로 아내의 의견을 한 번 더 물어보고 싶었다. 딸아이의 의견도 들어보고 싶었다. 무엇이 잘못된 것인지, 아니 무엇을 잘못한 것인지 들어보고 싶었다.

아내는 전화를 받지 않았다.

은행에서 배달된 우편물이 보였다. 아파트를 압류할 모양
이었다. 그래도 무던히 참아주었다. 은행에서 전화가 왔다.
아파트 경매에 관한 내용일 터였다. 전화에 대고 아쉬운 말
을 한다고 해도 들어줄 사람들이 아니지 않은가. 변명할 자
신도 없었지만, 그럴 필요가 없어졌다. 며칠 뒤면 경매에 부
쳐지겠지. 나는 휴대전화를 엎어버렸다.

배낭에 간단한 옷가지와 세면도구를 챙겼다. 서랍 여기저
기를 뒤져 평소 잠이 오지 않을 때 먹다 남은 수면제 약병을
흔들어 보았다. 묵직한 소리가 들렸다. 온몸에 전율이 느껴
졌다. 지하실로 내려가 차를 찾았다. 연료비를 감당하기 어
려워 평소 타고 다니지 않아 어느 곳에 세워두었는지조차
기억나지 않았다. 이 고물차도 한 달만 지나면 15년이 된다.
긴 세월 동안 동고동락했다는 생각이 들었다. 시동을 걸었
다. 세월을 뜯어내는 소리가 요란하게 들렸다.

서서울요금소를 벗어나자 함박눈이 세상을 모두 삼켜버
릴 기세다. 빠르게 달리던 차들의 속도가 느려지기 시작했
다. 당진요금소로 빠져나왔다. 이 길로 곧장 가다 보면 서해
안 어느 바닷가에 도착하겠지. 눈은 살아있는 모든 것들의

숨통을 조여가고 있었다.

좁은 산길로 차를 몰았다. 눈발이 점점 드세게 차 유리창을 넘보고 있었다. 도로는 점점 넓어져 이젠 도로가 어디인지 구분하기도 어려웠다. 목적지를 생각하려고 애쓰면 애쓸수록 딸아이의 얼굴이 떠올랐다. 숨을 몰아쉬었다. 승용차 연료 지시계가 바닥을 가리키고 있었다. 발바닥에 차가운 기운이 전달됐다. 핸들을 잡은 손은 이미 힘을 잃었다.

승용차는 더는 앞으로 나아가지 못했다. 차창 틈으로 싸늘한 세상이 몽롱하게 밀려 들어왔다. 몸을 웅크렸다. 고라니 사체에서 아지랑이가 피어났다. 약병을 꺼냈다. 입속으로 들어갈 수 있는 양만큼 모두 털어 넣고 페트병을 찾았다. 반쯤 찬 물빛이 하얗게 산란했다. 목구멍으로 물을 쏟아 부었다. 미지근한 물이 목구멍을 훑어내고 있었다. 아내의 찌푸린 얼굴이 페트병에 어른거렸다. 딸아이의 해맑은 웃음도 보였다.

바람이 불었다. 거실 커튼이 춤을 추고 있었다. 테이블에 있던 이혼서류가 날아올랐다. 글자들이 하나씩 뽑혀 내 눈앞에서 흩어졌다. 어머니의 화난 모습도 보였다. 죄송하다는 말을 하고 싶었으나 할 수가 없었다. 가슴이 죄어왔다. 목이 말랐다. 입술에 침을 발랐다. 까칠했다. 목줄을 뜯어내고 싶었다. 손가락이 더는 움직이지를 않았다. 눈꺼풀이 자꾸만 내려왔다.

차창 밖을 바라보았다. 하얀 눈이 온통 나에게 달려들었다. 시야가 점점 좁아져 하얀 점으로 변해가고 있었다. 눈송이가 하나둘씩 빛을 내기 시작했다. 나는 그 빛을 따라가기로 마음먹었다.

꿈꾸는 달팽이

입을 가렸다.
움직이지 않는다. 보인다.

람자가

익숙하지 않은 목소리가 들렸다. 밖을 생각한다.

　　　　　　　　그림자가 동공을 간질인다. 눈까풀에 힘
　　　　　　　　을 가했다. 움직이지 않는다. 익숙하지
않은 목소리가 들렸다.

　온종일 휠체어에 매달려 병원 곳곳을 끌려다녔던 기억과
비닐 호스의 비릿한 냄새, 흰 가운을 입은 의사. 입 가장자
리로 흘러내리던 침을 닦을 수 없어 애써 눈길을 외면했던
기억도 났다. 난생처음 해봤던 짓이라 침을 흘렸을 때는 혹
시 한 소장이 본 것 같아 이마에 실핏줄이 팽창했다.

　"할머니?"

　간호사 목소리가 고막을 흔들었다.

"……."

"할머니 일어나셨어요?"

간호사는 내가 깨어나기를 재촉하고 있었다. 그러나 나는 입술조차 달싹거릴 수 없었다. 어떻게 된 일일까?

배가 찢어지는 듯한 진통이 찾아왔다. 첫 아이를 낳았을 때와 사뭇 다른 통증이었다.

골프장을 건설한다는 소문에 마을이 흉흉했다. 마을 사람들은 매일 저녁 무슨 대책을 세워야 한다며 쑥덕였고, 이장은 마을 사람들을 모아놓고 골프장 건설을 반대해야 한다고 했다. 옆집 중리 댁도 이장의 말을 따라야 한다고 입방정을 떨었다. 이유는 알 수 없었지만, 나는 마을 사람들과 이장이 시키는 대로 '골프장 건설 적극 반대'라는 현수막을 들고 개천 둑에서 매일 같은 소리를 질렀다.

며칠 뒤였다. 제법 큰 키에 볼이 빈약해 보이는 한 남정네가 집으로 찾아와 명함을 불쑥 내밀었다. 마을 앞산에 건설되는 골프장 진입 교량공사를 하는 건설소장이라며 성은 한 가라고 했다. 그리고 잠만 잘 수 있는 셋방을 구한다고 했다. 마른 얼굴이 까칠해 보여 마음에 썩 들지 않아도, 서울말을 쓰는 본새와 점잖은 말투가 나쁜 사람 같지는 않았다.

"정지(부엌)가 하나밖에 엄서서 안 델 낀 데에."

그는 가볍게 웃으면서,

"괜찮습니다. 식사는 밖에서 해결할 예정입니다."

낭창거리는 그의 말은 묘한 여운을 남겼다.

"월세는 충분히 드리겠습니다."

월세를 충분히 준다는 그의 말이 귓속으로 쏙 들어왔다. 그러나 지난봄 현대식으로 집을 지으면서 주방이 하나밖에 없었다. 그리고 돈푼에 늙은 할망구가 노망났다고 옆집 중리 댁이 비아냥거릴 것 같아 선뜻 대답할 수 없었다. 그보다 여자 혼자 사는 집에 낯선 남정네를 집안에 들인다는 게 쉽지 않아 나는 망설였다. 그러나 그의 제안은 옹글었다. 보증금 오백만 원에 월 삼십만 원, 큰돈이다. 시퍼런 지폐가 눈앞에 어른거렸다.

"그라머 내일 한 번 더 와 보이소, 우리 아(아들)한테 물어보겠심더."

나는 일단 뜸을 들였다.

한 소장이라는 사람은 꼭 부탁한다는 말을 남기고 돌아갔다.

쉰이 갓 넘었을 때 영감은 이 세상을 떠났다. 무슨 한이 그리 많았는지 술로 세월을 살다가 이승의 끈을 놓아버렸다. 남긴 것은 자식 둘과 천수답 두어 마지기에 허물어져 가는 초가 한 채가 전부였다. 그때는 영감이 원망스러워 남몰래 울기도 많이 했다. 그러나 두 아이와 먹고 사는 일 말고는 나는 아무 것도 생각할 수 없었다.

따가운 햇볕이 장마를 밀어내고 있었다.

마을 앞 개천에도 눈에 띄게 물이 줄어들었다. 교량공사장에는 굴착기가 요란을 떨었고, 덤프트럭은 도로를 뒤집어 마을은 먼지로 덮이기 시작했다. 그리고 마을 사람들은 개천 둑에 진을 치고 알 수 없는 구호를 외치며 교량공사를 방해했다.

한 소장 말로는 마을에 많은 도움을 주고 있다는데, 공사를 반대하는 이유를 도무지 이해할 수 없다고 했다. 시골 사람들이란 혼자 있으면 양순해 보여도 두어 사람만 모여도 옳고 그름과 상관없이 어느 한 편을 삿대질해댄다.

그는 열심히 마을 사람들을 설득하는 것 같았으나 별 소득은 없어 보였다. 그러나 무슨 말을 하든지 나는 그의 말이 옳을 거라 여겼다. 사실, 보증금 오백만 원과 월세 삼십만 원, 그리고 약간의 수도료와 전기사용료를 이미 받아 버렸고, 중리댁에게도 한 달만 있게 해준다는 말로 얼버무린 뒤였기 때문이기도 했다. 아무튼, 나는 말조심하는 것이 좋을 듯했다.

땅거미가 마당을 지나고 있었다. 아침에 먹었던 된장국과 찬밥으로 저녁을 해결할 요량이었는데, 한 소장이 비틀거리며 집으로 들어왔다. 어디서 소주라도 한잔 한 것 같았다. 나는 저녁이라도 같이 먹었으면 좋겠다는 생각에 그가 방문 열기를 기다렸으나, 그의 방문은 끝내 열리지 않았다.

한 소장이 이사를 온 것은 다리 공사를 시작하기 전이었다. 짐이라고는 허름한 옷가방과 조립식 옷장, 침대, 책상과 의자, 컴퓨터 한 대가 전부였다. 침대는 꽤 괜찮아 보였다. 아들 장가보낼 때 며느리가 혼수로 가지고 온 침대를 본 일은 있어도 침대에서 잠을 자본 적은 없었다. 그의 침대가 며느리 침대보다 근사하지는 않아 보여도 그가 집을 비우면 침대에 한 번 누워보리라고 마음에 꼭 담아 두었다.

한 소장을 세 들인 이후로 나는 불편을 느꼈다. 나이 들어 빈 가족만 남은 칠순 할망구라도 낯선 남정네와 한 지붕 아래 산다는 게 신경 쓰였다. 그가 술이라도 한잔 하고 늦게 들어오는 날이면 먼저 잠자리에 들 수가 없었다. 그런 날은 하릴없이 거실을 서성대기 일쑤였고, 그가 들어오지 않는 날이면 가슴 한편이 허전하기도 했다.

다음 날 아침, 한 소장은 일어날 기척을 보이지 않았다. 나는 거실 앞을 서성대다 못해 그의 방문을 슬며시 밀어 보았다. 방문은 비음을 내면서 안으로 밀렸다. 팬티만 걸친 채 침대 한쪽에 엎어져 있었다. 인기척을 느꼈는지 몸을 뒤척였다. 햇볕에 그을린 가슴팍과 부푼 팬티 섶이 눈에 들어왔다. 나는 황급히 방문을 닫아버렸다. 그리고 집 밖으로 황망히 나왔다. 가슴이 쿵쾅거렸다. 대문 앞을 길고양이 한 마리가 어슬렁거렸다. 나는 마당 빗자루를 냅다 던졌다.

"이눔의 쾡이 뭐 뚱치(훔쳐) 물라꼬."

팽이는 엷은 먼지만 남기고 뒷간으로 달아났다.

굴착기 소음이 점점 커지고 있었다. 가끔 집안으로 드나들던 일꾼들이 요즘은 하루에도 수십 번씩 들락거렸다. 잠만 자게 해 달라던 한 소장은 마당에 자재를 저장하게 해주면 별도의 임대료를 주겠다고 했다. 그리고 일꾼들 점심을 해주면 한 그릇에 얼마를 더 얹어주겠다고 했지만, 나는 음식 솜씨가 신통찮아 망설였다.

"음식이 맛이 엄설 낀데 예"

"괜찮습니다. 저희 일꾼들은 아무거나 잘 먹습니다, 간만 맞으면 됩니다, 누님!"

한 소장의 단정한 말솜씨도 마음에 들었지만, 누님이라는 말에 나는 아무 생각 없이 그러겠다고 대답을 해 버렸다.

채마밭에 심은 채소와 읍내시장에서 생선과 돼지고기로 일꾼들 식사 준비를 했다. 맛이 있는지는 모를 일이나 열심히 먹어주는 일꾼들이 고마울 따름이었다.

한 소장은 일꾼들이 점심을 먹고 나면 설거지를 도맡아 해 주었다. 그의 손가락은 뭉툭하고 손마디가 투박해 아낙이나 하는 부엌일에는 전혀 어울리지 않아 보였는데, 빈 그릇을 씻고 정리하는 솜씨가 남달랐다.

오랜 객지생활에서 터득한 일일 터, 장가들기 전까지 혼자 생활을 오래 했던 아들이 생각나 나는 마음이 짠했다. 그는 김치, 멸치조림, 마늘장아찌, 쇠고기 장조림과 밑반찬 만드는 솜씨도 좋았다. 그중 김치는 정말 맛있게 잘 담갔다.

늦가을에 담그는 김장이야 매년 중리댁이 도와줬지만, 여름에 먹는 겉절이는 소금과 젓갈 범벅이 대부분이어도, 혼자 먹는 반찬이라 신경을 써본 적이 없었다. 나는 남정네가 한 소장처럼 부엌일을 잘하는 사람은 처음 보았다. 창피한 생각이 들 만도 한데 그는 아랑곳하지 않았다.

일꾼들이 없는 틈을 타 넌지시 그에게 김치 담그는 법을 알려달라고 했다. 그는 내 손을 잡으며 그러겠다고 했다. 나는 가슴이 두근거렸다.

나는 신이 났다. 돈을 버는 것도 좋았고, 한 소장과 같이 음식을 만들며 일꾼들을 먹이는 것도 즐거웠다. 그의 승용차로 반찬거리를 사기 위해 읍내시장을 함께 가기도 했는데, 그는 채소며 생선 고르는 법을 알려주기도 했고, 시장바구니가 무겁다고 들어주기도 했다. 그때 맞닿은 그의 손길은 따뜻했다. 그런 날 밤은 먼저 간 영감 생각에 밤잠을 설쳤다.

마을 사람들도 한 소장 현장에서 공사 보조공으로 일당을 받고 일하기 시작했다. 골프장 건설을 반대하던 사람들도 열심히 돈 벌기에 정신이 없었다. 나는 마을 사람들의 눈치를 보지 않아도 되었다. 뒷집 판술 영감은 공사장 일꾼으로 써달라는 청탁을 했는데, 나는 한 소장에게 물어봐야 한다고 오히려 재기도 했다. 돌이켜보면 한 소장에게 월세 주기를 잘한 일이라는 생각이 들었다.

해거름이 앞마당을 기웃거릴 때쯤이었다. 어느 날보다 이른 시간에 집으로 돌아온 그는 아무 말 없이 자기 방으로 들어갔다. 왠지 측은하다는 생각이 들어 그의 방문을 두드렸다. 그의 말은 발주처에서 공사대금을 받지 못해 수족같이 부려오던 일꾼들의 노임을 지급하지 못했다는 것이었다.

한 소장은 출가한 자식들이 있다고 했는데, 전화나 찾아오는 사람은 없었다. 그의 부인은 위암으로 투병 중이라 암 전문병원에서 한 달에 한 번 항암 치료를 받는다고 했다. 비용이 쏠쏠하게 들어간다고 공사대금 수령이 늦어지면 일꾼들 노임은 물론 부인 병원비도 대기 어려울 거라고 투덜거렸다.

그의 아버지는 일제 시절 일본에서 의대를 졸업했으며 병원 의사였다고 했다. 그리고 그는 이 일을 하기 전에는 초등학교 교사였다는 사실도 빼놓지 않고 들려주었다. 지금은 힘들어도 이 공사가 끝나면 어느 정도 저축도 할 수 있다고 했다. 그러나 지금 공사대금을 받지 못하면 낭패라면서 공사 대금이 지급되면 모든 것을 청산할 수 있다고 말해 주었다. 그가 몹시 힘들다는 것을 어렴풋이나마 나는 짐작할 수 있었다.

한 소장의 말을 모두 이해할 수는 없었지만, 대략 돈이 모자란다는 것 같았다. 설혹 안다고 해도 어찌할 방도가 있는 것도 아니어서 듣기만 했다.

나는 그에게 조금이라도 위안이 될 수 있는 일을 해주고 싶었다. 새벽에 일어나 그가 출근하기 전에 아침밥을 지었고, 와이셔츠도 정성스럽게 다림질해 걸어 놓았다. 현장에서 험한 일을 해도 책임자는 옷차림이 깨끗해야 한다는 생각이 들었기 때문이었다. 일꾼들이 식사 중에 한 소장에게 불만이라도 할라치면, 그에 대한 이해를 당부하기도 했다.

한 소장은 나를 누님이라고 불렀다. 낯간지럽기는 해도 기분이 좋았다. 그가 출근하고 나면, 그의 방 침대에 걸터앉기도 하고 누워보기도 했다. 처음 한두 번은 가슴이 두근거렸으나, 언제부턴가 그가 없으면 침대에 누워 먼저 간 영감과 다정했던 시절을 기억해 내고는 눈물을 찔끔거리기도 했다.

주방에서 부엌일을 하고 있으면 그는 내게 다가와 다정하게 말했다.

"누님 제가 할게요."

"남정네가 정지에 자주 드나들면 일꾼들이 욕한다 카이. 내가 할끼까네 고마 나가이소."

그럴 때면 한 소장은 '누님, 제가 할게요'라고 하면서 등 뒤에서 엄지와 검지로 어깨를 가볍게 눌러주기도 했다. 그의 손길은 따뜻해서 좋았다.

한 소장이 싱크대 근처에 오면 나는 손을 슬며시 물속으로 감춰버렸다. 뭉툭한 손가락과 갈라진 손톱을 그가 보는 게 싫었다. 그리고 그가 없을 때 손톱을 다듬어 보기도 했는데, 뭉그러진 손톱 사이에 낀 누런 때는 아무리 닦아도 깨끗해지지를 않았다. 장롱 거울에 얼굴을 비춰보며 햇볕에 그을린 까만 얼굴에 가루분을 발라보기도 했고, 시장에서 사들인 연지로 입술도 그려보았다. 젖가슴 매무시도 이리저리 거울에 비춰보았다. 그러나 까만 얼굴과 깊게 팬 주름살은 어떻게 할 방도가 없었다.

한 소장이 출근한 후였다. 아침을 급하게 먹어서인지 가슴이 퍽퍽해지면서 아랫배가 부글거렸다. 가끔 있는 일이라 대수롭지 않게 나는 그의 셔츠를 다림질했다. 그러나 복통은 계속되었다. 이마에는 식은땀이 흐르고 구토마저 났다. 토설물도 변기에 여러 번 쏟아냈다. 팔다리에 힘이 빠져 손끝 하나 까딱하기 싫었다.

거실 바닥에 배를 붙이고 엉금엉금 기어서 딸에게 전화를 했다. 전자음이 희미하게 들려왔다.

벽시계는 점심시간을 재촉하고 있었다. 나는 일어나야겠다는 생각에 사지에 힘을 주어 보았다. 몸이 말을 듣지 않았다. 한 소장이 곧 올 텐데 어떻게 하지⋯⋯. 역한 냄새가 코로 빨려 들어왔다. 어떻게든 일어나야 할 텐데⋯⋯. 이런 꼴을 그에게 보이는 게 싫었다.

딸은 가까운 읍내에 살았다. 엄마가 혼자 사는 것이 안쓰러웠는지 아니면 못 미더워서인지 아들이 장가든 후로 가까운 읍으로 이사를 왔다. 엄마를 이해하는 자식은 그래도 딸이었다. 딸은 친정에 자주 들렀다. 그러나 한 소장이 세든 이후로 친정 나들이가 뜸해졌다.

"엄마 괜찮나?"

삽짝 여는 소리가 들리고 이어 딸 목소리가 들렸다.

"아이고 우짜고 일꾼들 밥 미기야 대는데" (밥 먹여야 되는데)

"엄마 미쳤어!"

딸의 목소리가 앙칼지게 되돌아왔다.

한 소장과 일꾼들이 들어오는 소리가 와자지껄하게 들려왔다. 나는 빠르게 토설 물을 치우고 창문과 거실 창문을 열어젖혔다. 다림질하던 셔츠를 옷걸이에 걸었다. 오늘따라 바람은 유난히 조용해 배설물 냄새는 집안을 맴돌고 있었다.

딸은 어이없다는 표정으로 나를 바라보았다.

내가 한 소장 셔츠를 다림질하거나 식사 준비를 할 때 이유를 꼬치꼬치 캐묻는 딸이 마음에 들지 않았다. 비위가 상했다. 제 아비 생전에 하지 않던 짓을 하고 있으니 못마땅할 수도 있겠으나 그래도 지나치다는 생각에서였다.

"시골에서 돈 벌기가 그리 쉽더냐!"

나는 딸에게 퉁명스럽게 한마디 던졌다. 제 년은 명절 때 한두 번, 그것도 고작 일이십만 원으로 생색을 내면서. 월세 삼십만 원이 적은 돈인가, 딸은 돈이란 말에 더는 말하지 않았다.

남정네와 한집에서 기거하는 게 무엇이 문젠가. 딸이 어이없어하는 표정을 힐끗 보았다. 마치 내가 한 소장과 바람이라도 난 것 같이 얼빠진 표정을 짓고 있었다.

'미친년!'

한 소장의 밝은 미소가 오버랩 되었다. 그런데 한 소장이 나를 바라보는 눈빛도 가끔은 달라 보이기도 했다. 그럴 때마다 나는 가슴이 쿵쾅거리며 얼굴은 붉어졌다.

한 소장 일행이 점심을 먹고 돌아간 뒤, 나는 다시 속이 메슥거리고 구역질이 나기 시작했다. 나도 알 수 없는 일이었다.

장마가 지나갔다. 파란 하늘과 푸른 산이 싱그러울 것 같았는데 논으로 가는 발걸음은 무겁다. 마지막 농약을 뿌려야 하는데 온몸이 나른했다. 며칠 전에 걸렸던 식중독 후유증 때문일까.

제주도 근처에 태풍이 올라온다는 일기예보가 마음에 걸렸다. 이맘때 태풍은 우리 마을로 지나가는 경우가 더러 있었다. 사라호와 폴리호 태풍도 그랬다. 많은 재산과 인명 피해를 준 것을 기억하고 있었다. 나는 한 소장이 건설하는 공사 현장을 가보았다. 이제 막 콘크리트를 타설하기 위한 거푸집 공사를 마무리하고 있었다. 공사는 순조로워 보였다.

일기예보는 적중했다. 밤새 비바람이 양지 마을을 휩쓸고 지나갔다. 세상 모든 것을 앗아갈 듯한 소용돌이에 그의 현장도 태풍을 비껴가기는 어려워보였다.

하룻밤 사이 태풍은 모든 것을 바꾸어 놓았다.

새벽녘에 현장을 확인한 한 소장의 아연실색하는 모습을 나는 옆에서 지켜보았다. 마음이 아렸다. 그러나 내가 해 줄 수 있는 일은 아무것도 없었다.

모든 것을 한꺼번에 잃어버린 그는 방에서 나오질 않았다.

삼일 째 되던 날 공사현장을 다녀온 한 소장은 나에게 조심스럽게 말했다.

"누님 돈 있으면 조금만 빌려 주세요. 이번 공사대금 받으면 제일 먼저 누님 돈부터 갚을게요."

내가 가진 돈은 한 소장에게 받은 월세 보증금 오백만 원과 점심식사 대금으로 선불로 받은 돈이 그대로 있어 자신 있는 목소리로 되물었다.

"얼매만 있으면 대노?"

그는 얼굴표정을 풀면서 말했다.

"삼천만 원이면 됩니다."

나는 순간 머리가 아찔했다. 어떻게 하지……. 자식들 공부 시킬 때 돈을 빌려본 이후 처음이었다. 머리가 복잡했다.

이장댁, 판돌네, 중리댁. 몇몇 집을 더 생각해 보았으나 빌려줄 것 같지가 않았다. 천만 원 정도면 농협에서 농자금을 빌릴 수도 있을 것 같은데……, 양지마을에서 삼천만 원을 빌리기는 어려울 것 같았다. 서울에 있는 아들과 읍내에 있는 딸을 생각해 봤다. 두 눈에 쌍심지를 켤 게 불을 보듯 뻔했다.

돈을 구해주지 않으면 한 소장이 집을 떠날 것만 같아 나는 더럭 겁이 났다. 어떻게 하면 그에게 돈을 구해줄 수 있을까. 도무지 생각이 나지 않았다. 대답을 머뭇거리자 그도 미안했던지 더는 말하지 않았다. 그리고 방 안에서 꼼짝도 하지 않았다.

다음 날 아침이었다. 한 소장이 말을 붙여왔다. 가슴이 툭 트이면서 뛸 듯이 기뻐 소리라도 지를 뻔했다. 나는 마음을 용케 감추면서 그의 말을 들었다. 들판에 있는 논을 담보로 하면 삼천만 원 정도는 쉽게 빌릴 수 있을 거라고 했다.

논을 담보로 돈을 빌린다는 것은 꿈에도 생각해 보지 않았다. 영감이 죽고 난 후 모든 재산은 내 명의로 되어 있었다. 물론 아이들이 모두 어렸기 때문이기도 했지만, 지금 생각하니 다행이라는 생각이 들었다.

나는 어떤 일이든 서울에 있는 아들에게 상의를 했다. 물론 아들이 여태까지 한 번도 반대한 적은 없었다. 그러나 이번 일은 경우가 달라서 머뭇거렸다. 어떻게 하지, 내가 선뜻 대답을 못 하자 한 소장은 천천히 생각해 보라고 했다. 물론 공사대금을 받으면 가장 먼저 돌려주겠다는 약속과 걱정하지 말라는 말까지 했다.

한 소장이 일하던 현장을 가보았다. 공사현장에는 아무것도 남아 있지 않았다. 태풍을 간신히 피한 굴착기 두 대가 물길을 피해 논두렁에 덩그렇게 앉아 있었다. 가슴이 아렸다. 그놈의 태풍만 아니었어도……. 시냇물 소리가 맑게 들려왔다.

나는 그 길로 읍내에 있는 농협으로 갔다. 그리고 논을 담보로 융자 신청을 했다. 며칠 지나면 연락을 해준다는 농협 직원을 뒤로하고 총총히 집으로 한달음에 집으로 돌아왔다.

대문이 닫혀 있었다. 웬 여자의 헤픈 웃음소리가 집안에서 흘러나왔다. 한 소장과 낯선 여자가 주고받는 농 짙은 소리였다. 삽짝에 귀를 바짝 대었다. 남의 정사라도 훔쳐보는 것 같이 가슴이 두근거렸다. 그들은 보통 사이가 아닌 듯했다. 나는 대문을 휙 열어 재꼈다. 한 소장은 놀란 눈으로 나를 쳐다보았다. 그리고 나도 그의 얼굴을 바라보았다. 변하고 있는 그의 얼굴을.

"누님 어디 다녀오세요?"

낭창거리는 서울말, 나는 아무 말도 할 수가 없었다.

입술에 붉은 연지를 칠한 여편네는 누구냐는 듯이 나를 쳐다보았다. 나는 흠칫해 한 발짝 뒤로 물러섰다. 돼지같이 뚱뚱한 년이 꽃무늬 원피스를 걸친 꼴이 영락없이 술집 작부 같아 보였다. 상황을 눈치챈 한 소장이 밝게 웃으며, 전 현장 밥집 아주머니라고 짧게 설명했다. 나는 얼굴이 화끈 달아올랐다.

"이눔의 쥐일 꽹이"

나는 애꿎은 길고양이를 향해 냅다 소리를 지르고 종종걸음으로 뒷간으로 돌아가 버렸다.

태풍이 지나가고 나면, 마을 사람들은 볏논에 농약 치는 일로 바빠진다. 나도 이들의 틈에서 예외는 아니었다. 분무기를 등에 메고 마을 앞 들판 논으로 갔다. 논두렁은 잡초들로 가득했고 듬성듬성 자라던 피가 벼보다 웃자라 피 논 같았다.

분무기를 내려놓고 피 몇 줌을 뽑았다. 예전만 같아도 단

숨에 논자락을 휘어잡았겠지만, 오늘따라 손발 움직이기조차 힘들었다. 피사리는 그만두더라도 농약만이라도 뿌리고 가야겠다는 생각에 분무기를 등에 멨다. 수건으로 입을 가리고 분무질을 시작했다. 그런데 어쩐 일인지 논바닥이 평소보다 훨씬 넓게 느껴지고 힘이 들었다. 알다가도 모를 일이었다.

분무기가 가벼워지려는데 현기증이 났다. 식중독 후유증이 아직 남았나. 현기증이 점점 심해져 왔다. 쓰러지면 안 되는데……, 빨리 끝내고 저녁을 지어야 하는데, 이러다가 한 소장 저녁을 거를 수도 있다는 생각만 머리에 맴돌았다. 어떻게 하지, 저녁을 해야 하는데…….

한 소장이 한복을 곱게 차려입고 안방에 앉아 있었다. 방 안은 매우 깨끗했고, 그는 죽은 영감과는 풍채부터 달랐다. 나는 다과상을 들고 그의 옆에 앉았다. 그의 튼실하고 뭉툭한 손으로 내 어깨를 가볍게 당겼다. 마치 텔레비전에 나오는 드라마 한 장면처럼 나는 그에게 살며시 기대며 눈을 감았다. 포근했다.

"누님! 누님!"

한 소장의 다급한 목소리에 눈을 떴다. 그가 놀란 눈으로 나를 내려다보고 있었다. 나는 얼른 그의 눈길을 피했다.

"누님 어떻게 된 일입니까?"

그의 또렷한 서울말이 귓전을 울렸다. 가슴이 뛰었다.

"아무 일 아입니더, 우찌 왔능교?"

엉겁결에 뱉어낸 투박한 사투리가 부끄러웠다.

"농약 뿌리는 일이면 저에게 말씀하시지요, 일꾼들이 있잖습니까?"

한 소장은 마치 자기 일인 것처럼 강한 어투로 말했다. 그의 말은 허허롭게 내 가슴을 파고들었다.

"아이구 저 미친년 다 늙어서 무신 지랄이고, 지 자식들이 알면 우짤라꼬."

내가 한 소장 등에 업혀 마을 어귀를 돌아 나올 때까지 귀가 간지러웠다.

그동안 과로로 피로가 쌓여서 그렇다고 며칠만 푹 쉬면 괜찮아질 거라고 의사가 말해 주었다. 시골에서 자라 평생 농사일을 했어도 병원 신세를 진 것은 처음이었다. 나는 병원에 간 것도 쑥스러웠지만, 그의 등에 업혔다는 게 더욱 부끄러웠다.

한 소장이 직원들을 시켰는지 논두렁에는 잡초들이 말끔

하게 정리되어 있었다. 벼이삭이 바람에 살랑거리며 젖가슴 밑으로 불어왔다. 나는 겉옷을 살짝 들고 가슴을 들여다보았다. 자잘한 주름이 젖가슴을 덮어 유두를 함몰시키고 있었다.

논 자락 끝에는 작은 웅덩이가 있었다. 논일을 마무리할 때 손발을 씻기도 하던 곳이었다. 수초들이 수면에 머리를 기대고 있었다. 물방개 서너 마리가 수초 사이를 맴돌고, 교미를 하던 달팽이가 으깨진 껍질을 매달고 논두렁 후미진 곳으로 기어들고 있었다. 나를 본 것일까. 얼굴이 붉게 달아올랐다.

한 소장이 집으로 돌아오기 전에 저녁을 지을 요량으로 부랴부랴 집으로 왔다. 다행히 그는 오지 않았다.

한 소장 전화가 왔다.

"오늘 저녁에 일꾼들과 회식이 있어 늦을 겁니다."

일이 잘 풀려 직원들과 소주라도 한잔 할 모양이었다. 나는 식탁에 혼자 앉으려니 왠지 초라했다. 밥을 한 술 입으로 집어넣었다. 입안이 칼칼했다.

'우웨 웩.' 위장이 뒤집히는 것 같았다. 가슴을 누르고 진정하려 했으나 순식간에 토하고 말았다. 식탁은 엉망이 되었고 집 안 구석구석 쉰내로 가득 찼다. 먹은 것도 없는데 뱃속은 부글거렸다. 이상했다. 조금만 먹어도 구역질이 나고 토했다. 위장으로부터 밀려오는 압박감에 머리가 어지러웠다. 이러다가 괜찮아지겠지…….

딸 목소리가 들려왔다. 전화를 한 것 같지는 않은데 어떻게 왔을까. 그러면 아직 한 소장은 오지 않은 것일까?

딸의 말은 이랬다. 설거지하다 전화벨 소리에 수화기를 들었는데 끙끙 앓는 소리가 들려 급하게 왔다고 했다.

뱃속은 여전히 부글거리고 메스꺼웠다. 한 소장 방문은 여전히 닫혀 있었다. 딸에게 물어볼 수도 없는 노릇이었다.

딸이 아들에게 전화하는 모양이었다. 아들은 일단 읍내 병원에 가서 진찰을 받아 보는 것이 좋겠다고 하는 것 같았다.

읍내에 있는 병원 응급실에서 가벼운 치료를 받고, 딸이 북북 우겨대 몇 가지 더 검사를 받고 돌아왔다. 당장 음식을 먹을 수가 없으니 별도리가 없었다. 일주일이면 검사결과가 나온다고 했다.

한 소장 방문을 열어 보았다. 어제 아침에 다림질해 놓은 와이셔츠가 그대로 걸려있었다. 지난밤 일꾼들과 먹은 술이 너무 과했나? 그는 들어오지 않은 것 같았다. 나는 그의 침대에 잠깐 누웠다가 잠이 들었다. 부신 햇살에 눈을 떴다. 방이 낯설었다.

'우짜꼬 내가 미쳤나, 우짜머 좋노!

나는 황급히 방문을 열고 나와 주위를 살폈다. 아무도 없었다. 다행이었다.

그날도, 그 다음날도 한 소장은 집으로 들어오지 않았다. 나는 공사현장으로 나가 보았다. 평소 반갑게 맞아주던 일꾼들은 보이지 않았다. 낯선 사람들이 일하고 있었다. 책임자인 듯한 사람에게 한 소장의 안부를 물었다. 그의 말에 의하면, 며칠 전에 공사대금은 모두 청산했다고 했다. 그리고 잔여 공사는 그가 한다면서 왜 그러느냐고 물었다. 나는 아무 말도 하지 않았다. 그의 아내 항암 치료 때문에 서울 병원에 갔을 거로 생각하면서.

아들이 내려왔다. 읍내에 있는 병원에 들른 모양이었다.

"이사가 뭐라 카드노?"

"별말 않던데요."

아들은 아무렇지도 않게 대답했다.

"그라머 그러치 뭔 일 있겠나, 걱정 말거라."

"근데, 어무이 세든 사람은 어디 간능교?"

"몰라, 안 들어온 지 며칠 됐다, 좀 있다 올끼다. 와?"

"아니 뭐 그냥."

평소 말을 않던 아들이 이것저것 챙기는 게 수상쩍었다. 혹시 딸이 무슨 이야기를 한 것은 아닌가.

아들은 한 소장 방으로 들어가 이것저것 뒤지다 뭔가 주머니에 집어넣는 것이 보였다.

"니 뭐하노?"

"아무 꺼도 안 함더."

나는 아들이 한 소장 방을 뒤지는 것이 못마땅했다.

"어무이 대학병원에서 진찰 한번 받아 보입시더."

"괘안타. 진찰은 무슨……, 마, 이대로 살다가 죽을란다."

"의사 선생님이 진찰 한번 받아보는 기 좋다 카던데 예."

"괘안타."

'괜찮다'라고 말했지만, 혹시나 무슨 큰 병이라도 걸렸으면 어쩌지? 나는 금방 후회하고 말았다.

'그냥 있을 걸.'

다행히 며칠 뒤 아들에게 전화가 왔다. 병원예약이 되었으니 서울로 오라고 했다.

한 소장은 도대체 어떻게 된 것일까? 정말 도망이라도 간 것일까? 설혹 그렇다 하더라도 내가 그를 찾을 방법은 없어도 그가 연락할 것이라 믿었다. 그러나 내가 아들 집으로 가게 되면 연락할 방법이 없다. 어떻게 할까, 기다려 볼까……. 하지만, 병원예약을 취소하면 아들이 곤란해질 것 같았다. 아들은 내가 망설이는 것을 눈치챘는지 서울까지 승용차로 모시겠다고 했다.

병원에 도착하자마자 나는 입원을 했다. 이것저것 알 수 없는 검사를 하는 데 이틀이나 걸렸다. 병원 음식은 정말 젬병이었다. 아무 맛도 없었다. 이럴 때 한 소장이 담근 김치라도 있었으면 입맛이 돌아올 것 같았다.

검사결과는 일주일 후에 나온다고 했다. 나는 병원에서 검사만 받고 있을 수가 없었다. 한 소장이 시골에 와 있을 것 같았다. 셔츠 다림질도 해야 하고, 찬거리 사러 시장도 가야하고, 밥도 지어야 한다.

'우야꼬.' 아들놈에게 말할 수도 없었다. 사지가 멀쩡한 채 병실에 누워 있으려니 온몸에 좀이 쑤셨다. 같은 병실 사람들과 말을 섞기도 싫었다. 링거병을 끌고 다니는 것도 예

샷일이 아니었다. 되레 환자가 될 것 같았다.

의사가 보호자를 찾았다. 검사결과가 나온 모양이었다. 휴게실에 있던 아들이 의사실로 불려갔다. 이제 퇴원을 시키려나. 나는 퇴원 준비를 했다. 그런데 의사와 면담을 하고 온 아들 표정이 사뭇 경직되어 있었다.

"의사가 뭐라 카드노? 퇴원하라 카더나?"

아들놈은 짤막하게 대답했다.

"아임더, 쪼매 더 있어야 된다 카데에."

나는 앞이 깜깜해졌다. 한 소장이 집에 왔을 텐데.

두어 시간이나 전화질을 해대던 아들놈이 나를 휴게실로 불러냈다.

"엄마 위가 쪼매 안조타 카이 수술하는 기 어떠켔능교? 수술은 간단하다 카데예."

"무신 소리고 야가, 안 할란다. 수술은 무신 수술이고, 고마 이대로 살다가 죽을란다. 차라 마."

소리를 버럭 질렀다. 그러나 더럭 겁이 났다. 혹시 몹쓸 병이라도 걸린 게 아닌가, 이제 곧 논에 마지막 농약도 뿌려야 하고, 가을걷이도 해야 한다. 무엇보다도 한 소장이 와 있을지 모른다는 생각에 안달이 났다.

나는 아들 눈치를 살폈다. 뭔가 걱정이 있긴 한데 아들은 아무 말도 하지 않았다. 병원비가 모자란 걸까?

사방이 조용하다. 여기가 어딜까? 어떻게 된 것일까? 수술 대 실려 가던 기억이 어렴풋이 났다. 근심 어린 눈으로 쳐다 보던 아들 내외의 얼굴이 언뜻 지나가고 훌쩍거리던 딸의 모습도 희미하게 기억났다. 천정이 하얗게 다가왔다. 링거 병에서 알 수 없는 액체가 한 방울씩 일정한 간격으로 떨어 지는 소리가 선명하게 들려왔다.

햇살이 병상 시트에 부딪혀 산란하고 있었다.

뱃가죽 갈라지는 듯한 진통이 다시 찾아왔다. 나른하다. 눈까풀이 밀려 내려왔다. 누님하고 부르는 소리가 언뜻 귓 전을 스치는 것 같았다. 한 소장인가? 어른거리는 그림자가 그일 것이라는 확신이 들었다. 눈물이 핑 돌았다. 그의 손이 라도 잡고 싶었다. 그러나 움직일 수가 없었다. 창피하다는 생각도 들었다.

간호사들이 나를 다른 병실로 옮기는 것 같았다. 그곳 환 자들은 나와 똑같은 링거를 네댓 개씩 달고 있었다. 나중에 안 일이지만 암 환자들이 수술하고 난 뒤에 치료하는 항암

제라고 옆 환자 보호자가 이야기해 주었다.

"어무이, 지가 한 소장을 수소문해 봤는데요, 시골에서 부인과 함께 병 치료하고 있는 중이라 카데에."

아무 말도 나는 하지 않았다.

아들은 이야기를 계속했다.

"농협에서 이자를 내라는 통지서가 왔는데요?"

역시 아무 말도 나는 하지 않았다.

"지가 냈심더."

아들이 한없이 고마웠다. 나는 아들에게 조용히 말했다.

"그 돈 고마 잊었뿌라."

"야, 그라겠심더."

채마밭으로 가는 작은 비탈길에 햇살은 따사로웠다. 이리저리 뉘인 낙엽 사이로 달팽이 한 마리가 잘려나간 더듬이를 곧추세우고 햇살을 피하려 애쓰고 있었다.

찬바람이 싸~아 불어왔다.

기도

그들은 약속이나 한 것처럼 한숨과 탄식을 교차했다

더디는 아쉬워하며 더디는 기다렸다는 듯이

그리고 병실을 썰물처럼 빠져나갔다

헝겊들인 불쌍한 몸짓을 한다

문병객 퇴실을 알리는 방송이 스피커를
두들긴다. 그들은 약속이나 한 것처럼
한숨과 탄식을 교차했다. 더러는 아쉬워하며 더러는 기다렸
다는 듯이, 그리고 병실을 썰물처럼 빠져나간다.

환자들은 불쌍한 몸짓을 한다. 무심하게 돌아서는 문병객
이 다시 와 주기를 간절히 바라면서. 그래도 반응이 없으면,
그들이 남긴 흔적을 찾기 위해 살아있는 말초신경을 모조리
곤두세운다.

나는 실눈으로 문병객 움직임을 살폈다. 실눈은 문병객이
나 간병인의 관심을 피하기에는 제격이었다. 그리고 밝을

때는 잠든 척할 수 있고, 어두울 때는 좁혀진 시야로 병실 구석구석 살필 수 있어 좋았다.

간병인은 그들의 환자가 보호자에게 매달리는 것을 싫어한다. 그들의 그릇된 병간호가 환자를 매달리게 한다고 믿기 때문에 즉시 해고를 당할 수도 있다.

2호 환자의 마른기침 소리가 들렸다. 며칠째 듣는 기침 소리다. 컹컹대는 마른기침 소리는 정말이지 귀를 막지 않으면 잠들기조차 쉽지 않다. 물수건이라도 입에 물려줄 것이지. 젠장, 오늘 밤도 쉽게 잠들기는 틀린 것 같다. 4호 환자는 창문을 향해 누워있다. 기다리던 그의 아들이 오늘도 오지 않았다. 무슨 경찰서 서장이라고 자랑만 늘어놓더니 꼴사납게 되었다. 아들이 있기는 한지 도대체 4호 환자 말은 믿을 수가 없다. 3호 환자는 침대에 일어나 허리를 앞으로 굽히고 있다. 그는 혹시 모를 행운을 잡으려 기도를 하는 게 분명해 보였다. 저승에 보내달라는 기돈지는 알 수 없어도. 개뿔 저승을 아무나 가나. 차라리 밥투정이나 하지 말고 주는 대로 처먹기만 해도 저승이야 떼놓은 당상이지.

보조 침대에 누운 간병인을 살폈다. 잠자리가 불편한지 코 고는 소리가 불규칙하다. 문병객들이 돌아간 지 얼마나 됐다고 헤벌쭉 벌린 입에 침까지 흘리며 자는지 가관도 아니다. 얄팍한 간병인의 속내에 부아가 나 간병인을 발로 밀어버렸다. 생각 같아서는 콧구멍도 솜으로 틀어막고 싶었는데 겨우 참았다.

그녀가 보조침대 밑으로 굴러 떨어지는 소리가 들렸다. 바닥이 차가울 텐데 코 고는 소리는 멈추질 않는다.

"나쁜 년 밤새 떨어봐라 내일 아침이면 온몸이 쑤실 게다."

사타구니에 손을 집어넣었다. 쪼그라진 성기가 손에 잡힐 듯 말 듯 반응이 없다. 입원하기 전만 해도 한 달에 두어 번은 팬티를 들어 올리던 놈이 고개를 숙이고 있다. 아내가 집을 비우기라도 하면 아랫도리를 까놓고 용두질도 했는데, 입원한 뒤로는 소식이 없다. 간호사가 발기부전약이라도 주사한 건가? 링거걸이에 걸린 수상한 액체가 의심스러웠다. 퇴원하면 열심히 운동해 원기를 회복해야지.

2호 환자의 잔기침 소리가 심하다. 그의 마른기침은 병실 환자들을 거의 미치게 한다. 가래 끓어내는 기침 소리를 듣느니, 차라리 귀를 막아버리는 편이 훨씬 낫다.

2호 병상에 둘러쳐진 커튼에 그의 아내 움직임이 투영되었다. 그 수상한 움직임은 그가 지린 오줌 때문이란 것을 나는 금방 알아차렸다.

"어휴 냄새!"

아니나 다를까 간병인이 호들갑을 떨면서 병실로 들어왔다.

2호 환자는 보름 전에 입원했는데 병이 차도가 없는지, 그의 아내가 대소변을 받다가 내 촉수에 걸려든 적이 여러 번 있었다. 기저귀라도 채워줄 것이지.

간병인이 출입문을 분주히 드나들었다. 나쁜 년 코까지 골면서 잠을 자더니 웬 요란인지. 그녀는 침상 밑에 구겨두었던 속옷을 세탁실로 나르는가 하면, 물수건으로 내 얼굴을 닦아 주기도 했다. 평소 이렇게 병간호해도 곱게 봐줄지 말지 고민할 텐데, 오밤중에 무슨 지랄이람. 하기야 아내에게 발각이라도 되는 날이면 한순간에 일자리를 날려버릴 수도 있을 터, 항상 청결하게 간병한다는 것을 아내에게 보여주고 싶었을 것이다. 그렇지만 간병인이 온 지 하루도 지나지 않아 나는 그녀의 눈속임을 금방 눈치 챌 수 있었다.

나는 병실 살피기를 좋아했다. 특별히 할 일이 있는 것도 아니고 그렇다고 가만히 있는 것도 무료해, 몇 호 환자의 문병객인지, 무엇 때문에 왔는지, 아니면 다른 속셈이 있는지 훔쳐보기를 좋아했다. 그리고 그러기에는 실눈이 제격이었다.

아내는 왜 병원에 오지 않을까. 매일 기다리는데 코빼기도 디밀지 않는다. 아내가 오면 퇴원 수속을 밟으라고 말할 참이었다. 특별히 아픈 것도 아니고, 쓸데없이 돈만 낭비하는 게 안타까웠다. 돈이 충분한 것도 아닐 텐데. 퇴원을 하지 않는 이유를 알 수 없었다. 도무지 아내가 나타나지 않으니 다른 방도가 없었다.

여편네 오기만 해봐라.

병실 문이 열렸다. 병실 환자들은 일제히 출입문을 바라보았다. 찾아올 사람이라도 있는 것처럼. 나도 뒤질세라 실눈을 하고서는 출입문을 향해 빠르게 고개를 돌렸다.

본 듯한 사람들이 병실을 들어섰다. 처제들이었다. 아내는 어디 가고? 나는 맥이 풀렸지만 그래도 좋았다. 무엇보다 질식할 것 같은 침묵을 벗어 날 수 있어 좋았고, 4호 환자에게 보란 듯이 어깨를 펼 수 있어 더욱 좋았다. 아내가 오지 않았다는 게 흠이긴 해도 4호 환자가 아내를 알 리가 없었다. 나는 어깨를 피면서 4호 환자를 바라보며 잰 체를 했다.

"아버지 큰딸 정애 왔어요."

내가 잘못 들었나? 귀를 의심했다.

"큰딸 왔다고요, 아버지!"

장가들었을 때 어린 처제가 둘 있었다. 장인어른이 일찍 돌아가셨기 때문인지 처제들은 나를 아버지처럼 따랐다. 그래도 그렇지 형부를 아버지라 부르는 것은 옳지 않다는 생각이 들었다. 형부를 웃겨주려고 농담하는 거겠지. 처제들을 바라보며 미소를 날렸다.

"아버지 정숙이에요, 둘째에~, 알아보겠어요?"

"……"

내가 미소를 날렸는데도 아버지라 부르는 작은 처제, 장인어른이 계시지 않아 다행이긴 하지만, 정말 민망했다. 나는 실눈으로 처제들을 유심히 관찰했다. 촌스럽게 파마머리를 한 큰 처제, 항상 예쁜 미소를 잘 짓는 작은 처제, 틀림없는 처제들이었다.

큰 처제가 병상 끝자락을 붙들고 울먹였다. 작은 처제는 아예 돌아서서 어깨마저 들썩이며 훌쩍거리고 있었다. 아내가 오면 곧 퇴원할 텐데 웬 호들갑인지 하기는 병상에 누워

있는 형부가 안쓰럽기도 하겠지…….

나는 건강하다는 것을 처제들에게 보여 주고 싶었다. 양팔을 옆으로 벌려 어깨를 쫙 폈다. 그런데, 링거 걸이가 호스에 당겨 넘어지고 말았다. 링거병 부서지는 소리가 병실을 가득 채웠다. 손등에는 주삿바늘을 역류한 피가 사방으로 튀었다. 당황한 간병인이 나를 침대로 밀었다. 나는 엉겁결에 간병인을 되받아 밀었다. 그녀가 나가떨어지고 병실은 갑자기 아수라장이 되어버렸다.

어디서 몰려왔는지 남자간병인들이 내 사지를 잡아 눌렀다. 조폭이 따로 없었다.

"이놈들이!"

목줄에 핏대를 세우며 버둥거렸지만, 그놈들의 완력을 당하기는 역부족이었다.

"할아버지 가만히 계세요! 큰일 납니다."

뒤따라온 당직의사가 내 엉덩이를 까고는 주삿바늘을 찔렀다. 싸늘한 이물감이 몸 구석구석 실핏줄을 통과하고 있었다. 나는 호흡을 멈추며 저항했으나 헛일이었다.

"할아버지 힘이 장산데요!"

남자간병인들의 말소리와 처제들의 울부짖는 소리가 내

귓속에서 점점 옅어지고 있었다. 나는 온몸이 나른해왔다. 의사 놈이 힘 못 쓰게 하는 주사를 놓은 게 분명했다.

"이놈들!"

나는 부르르 몸을 떨었다.

산골짜기를 걷고 있었다. 날씨가 제법 풀렸는지 개울물 흐르는 소리도 들렸다. 산까치가 후드득거리며 산 속으로 날아갔다. 아내를 찾았다. 분명 같이 왔는데 보이지 않았다. 어디 갔을까? 오른편 능선에 아버지 산소가 보였다. 지난 추석 때 다녀간 후 처음이었다. 산을 오르려면 오줌부터 눠야겠다는 생각에 바지춤을 내리고 시원하게 오줌을 배설했다.

"야! 이놈 뭐하는 거야!"

아버지 고함에 깜짝 놀라 뒤를 바라보았다. 아버지는 보이지 않고 간병인의 구시렁거리는 소리만 들렸다.

"엉덩이 드세요."

간병인이 이불을 젖혀놓고 내 환자복 바지를 벗기고 있었다. 이년이! 무슨 짓이야. 나는 다리를 오므렸다.

"다리 벌리세요."

간병인의 말은 단호했다. 차라리 명령이었다. 이년이 미쳤나! 뒤척이는 척 엉덩이를 뒤틀었다. 그녀도 강하게 내 무릎을 눌렀다. 반대쪽으로 엉덩이를 뒤틀었다. 마찬가지였다. 다시 용을 쓰려는데 간병인이 말했다.

"손자에게 이를 거예요."

맥이 풀렸다. 내가 오줌이라도 지린 건가? 믿기지 않았다. 정황을 모르니 따질 수도 없고. 힘을 써봐야 조폭 같은 간병인의 억센 힘을 당할 방법도 없어 보였다. 어차피 엎질러진 물, 에라 모르겠다. 나는 아예 가랑이를 벌리고 간병인의 손길을 따라 오히려 엉덩이까지 실룩거렸다.

한참 뒷정리를 하던 간병인이 귓속말로 했다.

"샤워하러 가세요."

무슨 꿍꿍이인가? 나는 간병인이 의심스러웠다.

휠체어를 끌고 온 간병인은 사람들 앞에서 호들갑을 떨었다.

"할아버지가 똥을 약간 지렸네요."

간호사에게 환심이라도 사야 아내가 오면 몇 푼이라도 더 받을 게 아닌가. 그녀의 뻔한 잔머리가 가소롭기까지 했다. 아내가 오면 간병인 말에 절대 속지 말라고 일러둬야지.

간병인이 샤워장 문을 닫았다. 그리고 내 환자복 상의를 벗긴 뒤 바지도 벗길 태세다. 팬티도 입지 않았는데 바지를 벗기다니 한 손으로 바지춤을 부여잡고 발끝에 힘을 주었다.

"한 손으로 바지 벗을 수 있겠어요?"

병실에서와 다르게 그녀의 목소리는 차분했다. 목을 휘감은 두터운 주름살, 영락없는 돼지 꼴이었다.

나는 간병인이 정말 싫었다. 패악질을 해도 차라리 아내였으면, 지금은 할망구가 다됐지만, 쭉 뻗은 목선만큼은 아내와는 비교도 되지 않았다.

"바지 벗겨 드릴 테니 발 드세요."

"……"

나는 사타구니를 손으로 가렸다. 볼품없는 성기 위로 음모가 듬성듬성하게 고스란히 노출됐다. 수년 전만 해도 수북했는데, 초라한 성기를 간병인이 보는 게 싫었다. 그렇지 않아도 얕잡아 보는 그녀에게는 더욱 그랬다.

간병인은 내 손을 어깨 위로 올리고 샤워기로 등에 물을 뿌렸다. 등줄기를 흐르는 물살이 따뜻했다. 팔에 힘을 넣어 보았다. 예전과 같지는 않았지만, 그녀가 아내라면 입술이라도 훔치고 싶은 욕정이 생겼다.

신혼 초에 회사에서 파김치가 되어 귀가하면 아내는 샤워를 시켜주곤 했는데, 아이들이 하나둘 태어나면서부터 그런 호사는 없어졌다.

"다리 더 벌리세요."

간병인이 다리 벌리기를 재촉했다. 미친년이 정말 섹스라도 하자는 건가? 그녀의 목소리는 비아냥거리다 못해 오만하기까지 했다. 쪼그라든 성기를 본 탓인가?

나는 간병인이 불편했다. 아내가 오기만 하면 당장 쫓아버릴 수 있을 텐데.

엉거주춤 엉덩이를 들어 올렸다. 항문 주위로 거친 손길이 닿는데도 아모레 비누 향이 콧구멍을 파고들었다. 이년이 제대로 물질을 해야 할 텐데. 나는 그녀의 손길을 따라 사타구니를 좌우로 실룩대며 밤새 칙칙했던 기분을 지웠다.

샤워를 한 뒤 기분이 한결 좋아졌다. 지친 몸을 따뜻한 탕속에 잠갔을 때의 포근함이었다.

당직 의사가 인턴과 간호사를 대동하고 병실로 들어왔다. 거들먹거리는 꼴이란 눈 뜨고 볼 수 없을 정도였다. 그 꼴을 볼 때마다 출입문에 걸려 넘어지기를 바랐다. 그러나 재수가 좋은 건지 넘어지는 일은 일어나지 않았다.

그놈은 진료를 올 때면, 눈을 까뒤집기도 하고, 이마에 손바닥을 얹기도 했는데, 마치 제 놈의 손바닥만 이마에 대면 병이 낫기라도 하는 것처럼 으쓱댔다.

"할아버지 좀 어때요?"

간병인을 바라보며 그놈이 물었다.

"여전히 그렇습니다."

그놈의 생뚱맞은 질문도 그렇지만, 돼지 같은 몸뚱이를 비틀며 대답하는 간병인의 꼴은 더 가관이었다.

"열은 많이 내렸습니다."

무언가 열심히 적던 간호사가 대답했다.

"혈압과 당뇨 수치는?"

그놈은 거만한 목소리로 간호사에게 물었다.

"정상으로 내려왔습니다."

다소곳한 간호사의 대답이 마음에 들었는지.

"할아버지, 괜찮아지실 거예요."

그놈은 큰 병을 치료하기라도 한 것처럼 내 귀에 대고 속삭이듯 말했다.

그럼 괜찮지 않고. 도대체 제까짓 놈이 뭘 안다고, 혈압과 당뇨 수치만 내려오면 괜찮은 건가. 혈압과 당뇨는 처음부터 문제가 없었는데. 그놈은 도대체 이해할 수 없는 말만 지껄였다.

사실, 입원하자마자 그놈을 의심했다. 무슨 병원에 의사가 한 놈밖에 없는지, 매일 그놈만 들어오는 게 영 마음에 들지 않았다. 면허증도 없는 돌팔이 의사 같았다. 그렇지 않고서야 있지도 않은 열을 내렸다고 한다거나 당뇨 수치가 이러니저러니 하는 것을 보면, 돌팔이 의사가 아니고서야 있을 수 없는 일이었다.

나는 아들이 의사가 되길 바랐다. 머리도 꽤 좋았고 학교 성적도 우수했던 편이어서 의과대학에 지망하기를 바랐다. 그런데 무슨 천문학을 한다며 물리학과를 가고 말았다. 이럴 때, 아들놈이 의사였으면 저런 건방진 돌팔이 의사 놈은 보지 않아도 될 텐데. 그때 아들을 더 다그치지 않았던 게 후회가 되었다.

의사 놈이 간병인을 병실 밖으로 불렀다. 아내는 어디 가고 간병인을 밖으로 부르지? 지난번에 그녀를 침대 밑으로 밀어버렸던 일을 눈치 챈 걸까. 간병인이 앙심이라도 품고 돌팔이 의사에게 병이 차도가 없다고 하면 어쩌지? 그러기라도 하면 퇴원이 늦어질 수도 있는 것 아닌가. 나는 간병인이 그놈에게 무슨 말을 지껄일지 불안해지기 시작했다.

4호 환자도 의사가 보호자를 찾아 병실 밖에서 무슨 이야기를 주고받은 뒤 퇴원을 했는데 퇴원 절차일 거라는 짐작은 했지만, 간병인이 그놈에게 거짓말이라도 하게 되면 퇴원은 틀린 게 아닌가. 아내가 오면 간병인에게는 아무 말 말고 의사 놈과 먼저 면담을 하라고 일러두는 게 좋을 듯했다.

아내는 여전히 나타나지 않았다. 집에 무슨 일이 있는 것일까? 그래도 그렇지 평생을 먹여 살려 놓았건만, 영감이 입원해 있는데 얼굴 한 번 디밀지 않다니 괘씸했다. 아내가 오면 간병인부터 갈아치워야지. 간병인에게 아무리 돈을 많이 준다 해도 아내만이야 할까.

"할머니!"

아들과 손자 목소리가 들렸다.

"아이고! 우리 손자 왔어요."

간병인이 손자를 어르고 있었다.

아니 저년이 남의 손자를 안고 지랄이야! 어이가 없었다. 간병인이 자리를 비우기만 하면 아들에게 간병인을 갈아치우라고 말할 참이었는데, 자리를 비우기는커녕 오히려 아들에게 귓속말을 무어라 소곤대고 있었다. 그런다고 별수야

없겠지만.

손자 녀석이 무릎에 앉아 재롱을 떨던 게 엊그제 같은데, 눈에 넣어도 아프지 않을 것 같은 손자가 벌써 초등학교 졸업할 나이가 됐다. 손자가 보고 싶어도 영어학원이네, 피아노 학원이네 하며, 며느리가 손자를 집으로 잘 데려오지 않는다. 며느리 하는 짓이 못마땅해도 별수 없는 노릇이었다.

"할아버지?"

손을 벌려 손자를 안으려고 했다.

"할아버지 아프셔 가까이 가지 마라."

음흉한 간병인이 손자를 제지하고 나섰다. 나는 기가 찼다. 도대체 누가 아프다는 건가. 아들과 나를 번갈아 흘끔거리던 간병인의 속셈은 뒷돈을 챙기려는 수작인 게 분명해 보였다. 침상 끝에 우두커니 서 있는 손자를 바라볼 수밖에 없었다. 안아보고 싶어도 간병인이 자리를 비우기 전에는 별도리가 없었다.

아랫도리가 축축했다. 땀이 찬 걸까? 사타구니를 더듬었다. 축축하다. 손끝을 코로 가져갔다. 구린내가 쏟아졌다. 역겨웠다. 용을 약간 썼을 뿐인데…… 침대 시트를 더듬었다. 비닐을 깔아 놓았는지 침대매트리스가 버석거렸다. 나는 엉덩이를 들었다. 이불 들리는 소리가 유난하다. 숨을 몰아쉬며 주위를 살폈다. 멀뚱거리던 손자도 돌아간 모양이었다. 팬티를 허리춤 아래로 밀어 내렸다. 감출 곳이 마땅치 않았다. 링거 걸이와 거리를 좁힐 요량으로 주사 호스를 잡아당겼다. 손등에 통증만 왔다. 침상 밑을 발로 더듬었다. 물컹한 물체가 밟혔다. 간병인의 배를 밟은 것 같았다. 간병인의 짧은 비명이 허공을 가르더니 이내 조용해졌다. 온몸에 식은땀이 흘렀다. 팬티를 침대시트 사이에 밀어 넣고 간병인이 잠들기를 기다렸다.

오늘따라 간병인은 잠들지도 않고 뒤척거리기만 했다. 돼지 같은 년, 잠이나 빨리 잘 일이지, 팬티 버릴 곳을 생각해보았다. 화장실 쓰레기통이면 감쪽같을 것 같은데. 쓰레기통이면……. 눈꺼풀이 자꾸 내려왔다. 눈을 홉뜨며 눈꺼풀을 밀어 올렸으나 헛일이었다.

"할아버지~."

간병인의 짜증스러운 목소리가 잠결에 들렸다. 무슨 일일까? 나는 실눈으로 눈동자를 굴렸다. 그녀가 병상 커튼을 걷더니 덮고 있던 이불을 느닷없이 홀렁 젖혔다. 나는 반사적으로 다리를 오므렸다. 이년이 또! 소리를 지를 뻔했다.

"할아버지 말씀을 하셔야지 똥 지린 팬티를 감춰놓으면 어떻게 합니까?"

"……."

침대시트에 끼워 놓았던 팬티가 사단이 난 것 같았다. 간병인 잠들기를 기다린다는 게 그만 잠들었던 모양이었다. 조금만 더 참았더라면 화장실 쓰레기통에 버릴 수 있었는데. 후회가 막급했다. 나는 잠든 척하는 도리밖에 없었다.

간병인은 쉼 없이 잔소리를 뱉어내며 내 사타구니를 물수건으로 훑어내고 있었다. 손이 사타구니 깊숙이 들어왔다. 나는 등을 새우등처럼 오그렸다.

"가만히 계세요, 일어나신 거 다 알고 있습니다."

"……."

에라! 모르겠다. 목욕탕 때밀이에 몸을 맡겼던 게 어디 한두 번이던가. 눈을 꽉 감고 다리를 쫙 벌렸다. 한참을 구시렁거리던 간병인이 가랑이 사이에 기저귀를 채우고 있었다.

이년이 정신 나간 거 아니야! 나는 다리를 버둥댔다. 그러나 간병인의 힘을 당하기는 처음부터 무리였다. 남들이 보는 것도 아닌데. 아무려면 어때. 나는 버둥대기를 포기하고 말았다.

입원하기 전날 똥 지린 팬티를 휴지통에 버렸는데 그게 아내에게 들켜버려 온종일 잔소리를 들었던 기억이 났다. 그날은 재수가 없었던지 저녁에는 화장실 문턱에 걸려 넘어져 병원 신세를 지게 되었지만, 아무튼 간병인이 아내에게 일러바치지만 않아도 다행이라는 생각이 들었다.

링거에서 약물 떨어지는 소리가 일정하게 들려왔다. 모든 것을 가느다란 탯줄에 맡겼던 어머니 뱃속이 이랬을까. 그때도 실눈을 뜨고 세상을 보았겠지. 소름이 돋을 것 같았다. 나는 이런 적막함이 싫었다.

커튼에 부딪히는 숨소리가 내 귀를 거칠게 후벼 팠다. 젊은 놈이 무슨 병이 걸렸기에 하나도 받아내기 어려운 링거를 네 개씩이나 달고 다니는지. 2호 환자 아내의 다급한 발걸음 소리가 병실 밖으로 빠져나가고, 간호사들의 움직임이 소란스럽게 들렸다. 그의 숨소리는 이미 신음으로 바뀌고, 이동식 병상의 바퀴 구르는 소리가 요란하게 들렸다.

2호 환자의 움직임에 더욱 집중하려 했으나 금세 조용해지는 바람에 나는 실망하고 말았다. 그의 아내 판단이었는지 의사의 강요였는지 알 수 없어도 2호 환자는 힘쓰지 못하는 주사를 맞았을 게 분명해 보였다. 선택은 항상 어려울 때 강요받는다. 나쁜 놈의 돌팔이 의사.

고등학교를 졸업할 무렵이었다. 아버지는 농사짓기를 원했고 나는 대학진학을 원했다. 결국, 아버지를 속이고 대학진학을 선택했다. 턱걸이로 합격했어도 지금 생각하면 어려운 순간이었다. 2호 환자의 아내도 의사의 강요를 거절할 수 없었을 터, 최선이든 차선이든 어차피 결정은 그녀의 몫이었을 거였다.

2호 환자가 병상에 던져졌다. 금방이라도 주검으로 변할 것 같았다. 그의 아내가 파랗게 질려있었다.

의사 놈이 병실에 들어왔다. 양옆에 인턴과 간호사를 배석시키고 군사재판이라도 하듯 2호 환자 아내에게 엄숙하게 말했다.

"수술은 잘되었으니 걱정하지 않아도 됩니다."

나는 의사의 진실이 무엇인지 확인하고 싶었다. 모호한 말만 한다는 것쯤은 의사 놈의 말만 들어도 알 수 있다. 이를테면, '걱정하지 마세요' 라든지, '수술은 잘됐습니다' 라는 말들이다. 2호 환자는 거의 주검에 가까운데 수술이 잘됐다는 게 말이나 되는 소린가. 나쁜 놈!

간병인이 보이지 않았다. 언제나 당직 의사 옆에 장승처럼 서 있던 그녀는 보이지 않고 아내가 서 있었다. 어디에 갔을까? 아내가 그녀의 정체를 알고 해고를 해버린 것일까? 미안하기는 해도 다행이라는 생각이 들었다.

"많이 좋아졌습니다."

그러면 그렇지 처음부터 나빴던 게 아니고 네놈이 이 지경으로 만들었을 테지. 바보 같은 의사 놈이 별걱정을 다 하네.

"며칠 더 경과를 지켜본 뒤 퇴원하셔도 될 것 같습니다."

"네~, 선생님 감사합니다."

감사는 무슨 감사. 아내의 다소곳한 말투가 마음에 들지 않았다.

"천연 식품으로는 노루궁둥이버섯을 드시게 하면 지금보다 나아지지는 않아도 병세 진행속도는 늦출 수가 있을 겁니다. 물론 환자 체질마다 다르긴 합니다만."

"네~, ……."

아내의 목소리가 다시 들렸다.

"노루궁둥이버섯에서 발견된 합성 촉진물질인 헤리세논

과 에리나신이 뇌를 활성화한다는 사실도 밝혀졌고요."

무슨 말을 하고 있는지 나는 도무지 이해할 수가 없었다.

"엄마 나가서 얘기해. 아버지가 가끔 정신이 돌아올 때도 있어, 들으시면 어떻게 하려고."

딸아이의 목소리다.

"돌아오기는 뭐가 돌아와, 제 마누라도 알아보지 못하는데."

볼멘 아내의 목소리가 들렸다.

"그래도……."

딸아이의 자신 없는 목소리가 목구멍 속으로 말려들어 갔다.

"어머님 말씀처럼 정신이 왔다 갔다 할 수도 있습니다. 집으로 모시기는 쉽지 않을 겁니다."

의사 놈은 도무지 이해할 수 없는 말만 지껄이고 있었다.

누가 몹쓸 병이라도 걸린 걸까? 그러니 집에도 갈 수 없다고 하지 않는가. 2호 환자에 대한 이야기일 거로 짐작했다. 그의 아내가 자리를 비우면 간병인이 의사 놈과 이야기하는 것을 들은 적이 있었다.

2호 환자의 숨소리가 거칠게 커튼을 흔들었다. 죽을병은 아닌 것 같았는데 의사 놈이 수술을 잘못한 게 틀림없어 보였다. 그놈이 말하지 않았던가. 정신이 왔다 갔다 한다고, 돌팔이 의사도 양심은 있어 보호자에게 직접 말하기 어려울 수도 있었을 터. 나쁜 놈 아무리 어려운 말이라도 그의 아내에게는 직접 말해주어야지.

2호 환자 아내의 훌쩍거리는 소리가 들렸다.

2호 환자가 보이지 않았다. 밤새 앓아대더니 심해진 건가. 중환자실이라도 간 건가. 퇴원했을 리는 없고. 2호 환자처럼 아무것도 못 하면 큰일이란 생각이 들었다.

퇴원을 대비해 무릎을 구부려보았다. 뻐근했다. 구부리기를 몇 번 반복하고 두 팔을 머리 위로 올리고 깍지를 끼고 힘 있게 비틀어 보았다. 괜찮았다.

"아버지 저 왔어요."

아들 목소리다. 손자와 며느리 모습도 보였다.

"주무시는 것 같습니다."

뒤이어 간병인 목소리가 들렸다. 그녀 맘대로 지껄이는 게 맘에 들지 않았다. 아들 옆에는 간병인이 여전히 장승처럼 서 있었다. 저년은 눈치도 없는 건가? 가족이 왔으면 적당한 핑계로 자리를 피해줘야 하는 게 도리일 터인데 도대체 눈치 없기는 생긴 대로였다.

"아버지 저 알아보겠어요?"

나는 아들에게 고개를 끄덕거렸다.

"아버님 괜찮으신 거죠?"

며느리가 간병인에게 말했다. 마치 뭔가 새로운 것이라도 발견한 듯한 목소리다.

"그냥 왔다갔다 해."

아니 저 미친년! 똥 몇 번 치워주더니만 아예 제 맘대로 지껄이고 있었다.

"할아버지 샤워하러 가셔야죠?"

간병인이 커튼을 걷었다. 햇살에 거슬려서인지 초췌해 보였다.

"일어나세요, 다 가고 아무도 없어요."

그녀는 내가 깨어 있는지 아닌지를 귀신처럼 알고 있었다. 그러나 모르는 척 상체를 움직였다. 그녀의 손이 내 등을 감싸 안았다.

"간호사에게 주사기를 빼 달라고 했으니 조금만 기다리세요."

간병인은 내 귀에다 소곤거렸다. 갑자기 친절해진 그녀에게 더럭 겁이 났다. 목욕 몇 번 시켜주고 엄청난 돈을 요구하는 건 아닐까. 아내에게 미리 알려주었어야 했는데 알려주지 못한 게 마음에 걸렸다.

2호 환자 아내는 남편 간호에 지극 정성인데, 이 여편네는 가물에 콩 나듯이 오니 도대체 만날 기회가 없다. 오기만 해봐라! 욕이라도 몇 바가지 퍼부어야 속이라도 시원할 것 같았다.

간호사가 주사기를 뽑았다. 가슴이 후련했다. 이대로 퇴원했으면 좋으련만.

나는 퇴원을 생각했다. 손자를 안으려면 수염부터 먼저 깎는 게 순서일 게다. 손자가 수염을 싫어했던 기억에 턱수염을 만져보았다. 거칠한 느낌이 손등에 전해졌다. 다리에 힘을 잔뜩 주고 병실바닥을 디뎠다. 휘청거렸다.

낮인데도 샤워장은 조용했다. 다른 환자들이 이른 새벽에 샤워한 걸까. 샤워장 문 닫는 소리가 들렸다. 간병인은 온도를 맞추는지 샤워기에 몇 번이나 손을 댔다 뺐다 하더니, 등에 물이 뿌려졌다. 엉거주춤 일어나려는데 그녀는 내 허리를 껴안고 팔을 어깨에 둘렀다. 지린내가 샤워장을 발버둥을 쳤다.

나는 숨을 멈추고 손으로 링거 걸이를 잡았다.

"할아버지, 오늘이 마지막이에요, 깨끗이 씻어 드릴 테니 다리 벌리세요."

이년이 이제는 마누라 행세를 하는 게 아닌가. 그녀는 조용조용 말했으나 다리를 벌리지 않으면 쥐어박을 태세다. 엉거주춤 쭈그려 앉았다. 네년이 어디까지 오만할 수 있는지 보자, 기회가 오기를 기다렸다.

등 뒤에서 물길 쏟아지는 소리가 들렸다. 간병인이 비누칠을 시작했다. 거칠한 손길이 사타구니에 다가왔다. 이때, 그녀를 자빠뜨렸다. 제 년이 아무리 힘이 세어도 이번에는 안 될 터. 넘어지는 소리가 둔탁하게 들렸다. 나는 있는 힘을 다해 간병인의 목을 눌렀다.

"아이고 영감이 사람 죽이네."

"이년이!"

적반하장이지 누굴 죽인다는 건가.

"이놈의 영감이 미쳤나."

간병인이 악을 써댔다.

"아이고!"

간병인은 놀란 눈으로 나를 올려다보며 눈에 핏대를 세웠다. 나는 계속해서 그녀의 목을 눌렀다. 그녀의 버둥거리는 모습이 눈에 들어왔다.

"죽어봐라. 나쁜 년."

고소했다.

남자간병인들이 몰려와 내 손을 간병인으로부터 떼어냈다. 나는 분을 삭이지 못하고 씩씩댔다.

간병인은 샤워장 밖으로 기어나가고 있었다.

모여든 사람들의 수군거리는 소리가 들렸다. 나는 그때서야 벌거벗고 있다는 것을 알았다. 사타구니를 손으로 가렸다. 나에게 옷을 주섬주섬 던져주던 간병인은 돌아앉아 눈물을 훔치고 있었다. 어디서 본 듯한 익숙한 모습이었다.

"아이고 저 영감 집에 가기는 글렀네."

"그래도 집으로 가야지요."

"저렇게 힘센 사람을 어떻게 돌봐요."

"할머니가 그동안 얼마나 고생을 했는데."

"그런 말 말세요, 요양원으로 모시는 게 맞지요."

나는 이해할 수가 없었다. 간병인이 마지막이라는 말에 분이 반이나 풀려 이번만 잘하면 아내에게 간병비도 올려주라고 말해야겠다는 생각을 했는데.

아버지 고함에 눈을 떴다. 아버지는 보이지 않고 어머니가 웃고 있었다. 어머니에게 다가가려 발걸음을 옮기다가 그만 발을 헛디디고 말았다. 깜깜한 절벽 밑으로 한없이 떨어지고 있었다. 뭔가 잡아야 살 수 있을 텐데……

"영감."

아내가 나를 흔들어 깨우고 있었다. 오랜만에 들어보는 아내의 목소리였다. 며느리 목소리도 들렸다.

나는 실눈을 떴다. 하얀 가운을 입은 아들도 보였다.

"어머님, 어느 정도 치료가 됐으니 오늘 퇴원하셔도 될 것 같습니다."

아들 목소리였다. 언제 아들이 의사가 됐지?

아내의 한숨 소리가 들렸다.

집으로 가면 그만일 텐데 무얼 망설이지, 망설이는 아내를 이해할 수 없었다. 다리 근육이 부실한 건 열심히 운동하면 금방 좋아질 테고.

"요즘은 좋은 시설이 많습니다. 이번처럼 어머님이 고생하시지 않으셔도 되고요."

아들이 계속해서 말하고 있었다.

"집으로 모셨으면 좋겠는데 저번처럼 완전히 정신이 나가 버리면 어머니 혼자 감당하기가 어려울 것 같아서……."

"오빠! 무슨 소리야 그래도 집으로 모셔야지!"

딸년의 앙칼진 목소리가 내 귀를 후볐다. 도무지 아내와 아들이 무슨 말을 하는지 알 수 없었다. 집으로 갈 수 없다는 말인가. 간병인이 보이지 않았다. 그렇다면 지금까지 간병한 사람이 아내였단 말인가. 그럴 리가……, 나는 꿈이라도 꾼 것 같았다. 말도 안 되는 소리다.

40년을 함께 살아온 아내를 모를 수 있단 말인가. 그럴 리가 없었다. 그러니까 나는 나을 수 없는 병이고, 집으로 갈 수 없다는 말인가?

사방이 조용했다. 모두가 돌아간 것 같았다. 보조 침상에 앉아 있던 아내가 초췌한 모습으로 나에게 말했다.

"똥 마려우세요?"

아내의 눈에는 눈물이 글썽거렸다.

나는 돌아누웠다. 그리고 하나님에게 기도했다. 한평생 종교를 가져본 적이 없지만, 그래도 하느님은 기도를 들어줄 것 같았다.

"하느님! 저는 아무것도 기억할 수 없습니다. 심지어 40년을 같이 살아온 아내와 가족조차도 기억할 수 없습니다. 하나님 저는 어떻게 해야 합니까?"

아내를 돌아보았다. 그녀는 병원 창문을 하염없이 바라보고 있었다.

"하나님! 저를 데려가 주십시오."

하느님에게 간곡히 나를 데려가 달라고 기도를 했다.

나는 실눈으로 여전히 병실 출입문을 감시했다. 병실에는 3호 환자도 4호 환자도 그리고 2호 환자는 물론 그의 아내마저 보이지 않았다.

순덕이

　조금 전만 해도 목줄에 핏대를 세우며,
호객을 하던 여자는 식당 출입문에 기댄
채 발등에 못이라도 박혔는지 미동도 않는다. 차들의 경적
에 고개만 약간 돌려 버스정류장만 바라보았다.

　붉은색 시외버스 한 대가 시장 모퉁이를 돌아 나왔다. 승
객을 내려놓은 버스가 회색 연기를 내뿜으며 출발하고 있었
다. 여자는 무엇에 홀린 듯 행주치마를 벗어던지고 버스를
향해 냅다 뛰었다. 하지만, 버스는 검은 연기만 남겨놓고 떠
나버렸다.

　여자는 귀를 감싸 안으며 정류장 바닥에 주저앉았다.

남자가 황급히 따라 나왔다. 그러나 그녀를 부축하기에는
이미 때가 늦었다.

하루에 두어 번 합천 가는 버스, 아니 붉은색 버스만 보아
도 발작을 일으켰던 여자가 최근 들어 잠잠하다고 생각했던
게 그의 실수였다.

남자는 그녀의 몰골을 바라보면서 기가 차는지 손을 잡아
끌었다.

"순덕 씨 다치면 우짤라고 그라능교."

"……."

"오 년이나 지났다 카이, 정 씨가 살아올 꺼도 아인데."

"……."

"인자 고마 잊어 뿌이소, 날마다 이기 무슨 지신교, 정 씨
도 이해할 낍더."

순덕은 볼멘소리를 하는 배 씨 손을 획 뿌리치고 잰걸음
으로 식당으로 들어가 출입문을 닫아걸었다. 좌판에 놓인
순대가 그녀 눈에 들어왔다. 순대가 다시 창자가 될 수 없듯
이 아무리 용을 써도 죽은 사람이 살아올 수 없다는 것쯤은
순덕도 안다.

살코기가 실한 수육 한 덩이를 가마솥에 넣었다. 파란 불

빛이 솥 밑동을 달궜다. 엉겨있던 비계 덩이가 솥 가장자리로 무너졌다. 하잘 것 없는 비계 덩이도 약간의 열기에 온몸을 허물어뜨리는데……, 순덕은 창밖을 내다보았다. 배 씨가 식당 출입문을 바라보면서 손을 비비고 있었다.

가로등 불빛이 좁은 골목을 희미하게 비췄다. 간간이 들리는 밤을 잊은 매미의 울음소리, 누구도 잠들기 어려운 어설픈 어둠, 민혁을 황매산 자락에 묻고 돌아오던 날, 그날 밤 적막함이 이랬을까. 그의 죽음이 그녀 탓이 아니라고 수 없이 되풀이해도 초라함만 돌아와 쓰레기 더미에 내팽개쳐졌다.

어둠이 가시지 않은 방 안을 훑어보았다. 몸뚱이만 빠져나온 홑이불, 성충(成蟲)이 빠져나간 매미 허물처럼 덩그러니 방 한구석을 차지하고 있었다. 색연필로 삐뚤하게 그려진 붉은색 동그라미가 보였다. 해가 갈수록 흐릿해지는 기억이 속상해 벽걸이 달력에 표시해 놓았던 민혁의 기일이었다. 내일이 그날이었다. 장례를 치른 후 한 번도 그의 산소를 가보지 못했다. 올해는 꼭 다녀올 요량으로 몇 달 전부터 그의 기일을 달력에 표시해 놓았던 거였다.

민혁이 자신을 던져버렸던 그날, 순덕을 쳐다보며 괴로워하던 그의 마지막 모습, 그러나 정작 그녀는 아무 것도 할 수 없었던 그날 밤 매미는 밤새 울었다. 밤에 우는 매미, 이슥한 밤인데도 그칠 줄 모르는 울음소리, 이맘때면 더욱 맹렬해져 순덕을 괴롭혔다.

그녀는 장롱 서랍에 보관해 놓았던 한복을 꺼냈다. 낡기는 했어도 민혁이 좋아했던 자색 저고리와 옥색 치마였다. 냉장고에 넣어두었던 과일도 챙겼다. 배, 사과, 마른 명태와 소주 한 병 그리고 그가 좋아하던 돼지고기 수육도 살짝 데워 잘게 썰었다.

식당은 문을 닫을 참이었다. 식당을 찾는 손님을 돌려보낸다는 게 민혁의 식사를 거르게 하는 것 같아 편하지 않았지만, 하루 정도 문을 닫아도 그는 이해해줄 것 같았다.

순덕은 배 씨 채소가게에 들렀다. 배 씨가 보이지 않았다. 시골에서 올라오는 새벽 상인들에게 물건을 받아야 하는 시간이긴 해도 그가 보이지 않는 게 신경쓰였다.

"배 씨 인능교?"

"우짜꼬! 사장님 찬능갑네……, 엄신더, 오늘 어데 간다 카던데예."

가판대 채소를 정리하던 여종업원이 등을 돌리며 대답했다. 며칠 전만 해도 뒷골목 생선가게에서 일하던 조선족 여자였다.

"다른 말은 엄서꼬예?

"야~, 아무 말 안 하던데예."

함경도의 억센 사투리에 경상도 억양이 덧칠되어 있었다.

어제 일로 배 씨가 삐지기라도 한 건가. 그럴 리 없을 거라 확신은 해도 조선족 여편네가 가게에 있는 게 신경이 쓰였다. 이때쯤이면, 배 씨도 민혁의 기일을 알고 있어 과일이며 소주를 준비해 순덕에게 쥐여주곤 했다. 그의 행방이 궁금했다. 순덕은 배 씨 채소가게 안을 한 번 더 둘러보았다. 없는 게 확실했다.

순덕은 손목시계를 보았다. 합천 행 시외버스는 이미 출발했을 시간이었다. 그녀는 이러지도 저러지도 못하고 배씨 채소가게 귀퉁이에 쭈그리고 앉았다.

배 씨도 순덕과 비슷한 시기에 부인과 사별했다. 그는 늦은 나이에 결혼했는데 그의 부인은 심장병으로 늘 시름시름 하다 자식도 보지 못하고 죽었다. 그는 민혁과 같은 직장에서 일했다. 그러나 배 씨는 아내 병시중을 위해 일찍 회사를 그만두고, 채소장사를 시작해 중앙시장에서는 꽤 유명한 인사로 통했다. 돌쇠처럼 꾸역꾸역 모은 재산이 꽤 되는 모양이었지만, 순댓국 한 그릇 제대로 사먹지 못하는 위인이었다.

민혁과 같이 시장을 올 때면 배 씨 가게에 자주 들렀는데 그때마다 편하게 대해 주었다. 배 씨는 술이라도 한잔 먹으면, 단란한 가정을 꾸려 보는 게 마지막 소원이라고 말하기도 해 혼자 사는 게 외로워 보였다.

돈 많은 노랑이 배 씨도 순덕에게는 후했다. 민혁의 옛 동료여서인지, 민혁이 죽고 난 후 순덕이 순댓국 장사를 시작할 때 그의 채소가게 귀퉁이에 자리를 내어준 덕에 순대 장사를 할 수 있었다.

말쑥하게 정장을 한 배 씨가 걸어오고 있었다.

"순덕 씨 아직 안 간는교?"

"야~."

순덕의 목소리는 풀이 죽어 있었다.

"지도 어데 쫌 가볼라 카는 데 같이 갈랑교?"

배 씨의 이죽거리는 본새가 정말 어디라도 갈 모양이었다. 새 장가라도 갈 참인가. 채소를 정리하던 조선족 여편네도 그렇고, 순덕은 배 씨와 말 섞기가 싫었다.

"아이구 넘세시럽구로, 내가 미쳤능교! 배 씨하고 같이 가구로."

"와요, 내캉 가면 누가 뭐라 캐요."

시장에서 잔뼈가 굵어서인지 배 씨의 넉살은 민혁과는 영 딴판이었다.

민혁이 옥종식당을 들락거린 지 여러 달 지났을 때였다. 막차를 운전하던 민혁이 출입문을 열고 들어왔다. 혼자였 다.

순덕은 가슴이 두근거렸다. 심호흡하면서 옷맵시를 바로 잡았다.

"우짠 일잉교, 이 시간에?"

"그냥 왔씸더, 소주 한 병하고, 수육 괜찮은 놈으로 한 접 시기 주이소?"

술국 한 그릇이 고작이었던 민혁이 뜬금없이 수육을 시켰 다.

"오늘이 월급 날인가베?"

평소에는 동료 서너 명이면 술국 한 그릇에 소주 두어 병 이면 충분했다.

"아임더, 맨날 술국만 무―떠니 창지가 뒤틀릴라 안 캅니 꺼."

"무신 일인데, 해가 서쪽에서 뜨는 거 아이가?"

"누님하고 한 잔 할라꼬요."

민혁은 농담을 하지 않았다. 아니 할 줄 모른다고 하는 편이 정확하다. 그런 그가 순덕에게 농을 걸고 있었다. 그리고 창밖으로 바라보며 술잔만 비우고 있었다. 그는 이미 술에 취했고 눈은 붉게 충혈되어 있었다. 가끔 뱉어내는 한숨 소리, 그에게 말 못 할 고민이라도 생긴 것인지 테이블에는 빈 소주병만 쌓여갔다. 멍한 그의 시선은 운전에는 관심이 없어 보였다.

승객들이 정류장에서 삼삼오오 웅성거렸다. 순덕은 벽시계를 바라보았다. 버스 출발시각은 이미 지나고 있었다. 민혁의 동료인 박 기사에게 전화했다.

헐레벌떡 달려온 박 기사는 민혁을 보더니 한숨을 지었다.

"민핵이 행님 술 마이 뭇능교?"

"하모, 술삐이(술병) 보면 모리겠나!"

"오늘 아직(아침)에 행수가 무신 빙인가 걸려 빙원에 다녀왔다 카던데 아무 말 안 하던교?"

"암말 안 하던데."

박 기사는 민혁보다 어렸어도 입사를 먼저 한 탓인지 회사업무를 잘 아는 것 같았다. 박 기사는 민혁 대신 버스를 운전하겠다면서 본사에 연락하고는 밖으로 나갔다.

박 기사가 무심코 던진 말이 순덕의 귀를 어지럽혔다. 민혁은 이혼한 거라 들었는데, 아내의 병원에 다녀왔다는 게 무슨 말일까?

민혁은 거의 혼수상태였다. 그의 아내와 무슨 일이 있었는지 알 수 없어도 테이블에 축 늘어진 민혁이 안쓰러웠다. 그러나 그녀의 궁금증은 머리를 떠나지 않았다.

민혁을 방으로 옮길 생각으로 그를 안는 순간 그의 두툼한 가슴이 순덕의 젖무덤을 눌렀다. 남정네 가슴팍에 번질거리는 비지땀, 반쯤 벌린 입에서 뱉어내는 숨소리가 거칠었다. 순덕도 가슴이 콩닥거렸다. 그리고 호흡이 빨라지기 시작했다. 숨을 몰아쉬면 쉴수록 순덕은 멈출 수가 없었다. 순덕은 민혁의 가슴팍을 파고들었다. 치정이라고 해도 좋았다.

도둑고양이 한 마리가 뒷문으로 빠져나가는 게 보였다.

민혁이 강둑을 걷고 있었다. 두어 발자국 뒤에서 순덕도 따라 걸었다.

"누님 미안해요, 지가 실수한 거 아이지요?"

순덕은 가슴이 뜨끔했지만, 시침을 뚝 뗐다.

"무신 말이고, 고마 잊어뿌이소."

"……."

"오늘 빙원에 갔다고 박 기사가 그라데?"

순덕은 화제를 돌리고 싶었다.

"야—아."

"와요? 누가 아픈교?"

순덕은 박 기사에게 들었던 말이 궁금했다.

"아이들 엄마가 자궁암 수술을 했다 카데예."

민혁은 전처의 입원을 남의 일처럼 휑하게 던져 버린다.

"출근할라 카는데 아들이 이야기 하데예, 안갈 수도 엄고 해서 아들만 데리다 주고 왔심더."

민혁의 미간이 일그러졌다. 아무리 이혼은 했어도 아이들에게는 엄마였다. 그녀는 괜한 말을 했다는 생각이 들었다.

"IMF 때 이유도 모르면서 명퇴를 당했심더."

민혁은 과거 이야기를 꺼냈다.

순덕은 IMF가 무엇인지 몰랐어도 그 당시를 기억하고 있었다. 중학교 동기생이 대기업에서 명예퇴직하고, 고향으로 돌아와 하우스 딸기 농사를 지었는데 그것마저 잘못되어 힘들어하던 기억 때문이었다. 텔레비전에서는 대기업이 부도나고 많은 실업자가 발생했던 때이기도 해 민혁도 그들 중 한 사람이었던 것 같았다.

"직장을 그만두니 갑자기 할 일이 없데요. 아내는 호프집을 하자고 했으나, 저는 안 된다고 했지요. 그런데도 기어이 호프집을 하데요. 그러더니 몇 달 뒤에 후배하고 붙었다고 친구들이 귀띔해 줬는데 미치겠대요. 쪽팔리기도 하고……"

민혁은 흐르는 강물을 물끄러미 바라보았다. 미루나무 숲에서 매미 소리가 귀를 훔치고 있었다. 허물을 갓 벗은 놈인지 흐릿한 소리였다. 매미는 열흘밖에 살 수 없다고 엄마가 해줬던 말이 생각났다. 순덕은 지금도 그 말뜻을 이해할 수가 없었다. 그러나 목이 터지게 울어대는 매미가 안쓰럽기는 했다. 무슨 한이 저리도 많은지.

"그리 잘난 년이 암은 왜 걸려! 죽을 거면 소식도 없이 죽어 버리지, 연락은 왜 해! 망할 년 자식도 버리고 가더니……. 춤이라도 출 일인데 가슴이 미어지도록 아프데요. 돈 많은 놈 쫓아갔으면 잘 살기나 할 일이지……."

순덕도 이태 전에 사별했다. 그녀의 남편은 경운기 운전을 하던 중 전복사고를 당해 그 자리에서 숨졌다. 그녀를 힘들게 했던 남편이지만, 갑자기 세상을 떠나 버리자 세상천지에 혼자 남은 것 같아 힘들었던 기억이 났다. 혼자라는 게 얼마나 무섭고 외로운지 그녀는 이미 경험한 터여서, 민혁의 말을 이해할 수 있을 것 같았다.

"딸내미가 지 오빠에게 전화했는지……, 진주에서 부산이 가까운 거리도 아니고……, 모른 척하려고 했는데, 쳐다보는 아들놈 눈빛에 도저히 그냥 있을 수가 없어, 아들놈을 데리고 병원 입구까지 가긴 했지만, 아내를 볼 자신이 없데요. 한참을 고민하다 결국, 아들놈을 슬며시 떼어내고 돌아와 버렸지요, 젠장!"

자신이 한심하다는 듯 강물만 바라보고 있었다. 순덕은 애초부터 민혁을 잡아 두겠다는 생각은 없었다. 그래도 그가 전처의 그림자를 벗어나지 못한 것 같아 마음이 편하지 않았다.

"아들을 병원에 데려다주고 돌아왔는데, 도대체 머리가 복잡해 운전할 수가 없데요, 가슴이 갑갑해 견딜 수가 있어야지, 찾아갈 사람이 누님밖에 없데요, 그래서 그만……."

순덕은 가슴이 터질 것 같이 벅찼다.

배 씨의 차림새가 순덕을 불편하게 했다. 자기 딴에는 잘 차려입었다고 생각하는 모양이었다. 그렇지만, 민혁과는 비교도 되지 않았다. 십 년 전에나 유행했던 폭넓은 넥타이와 보라색 와이셔츠는 촌스럽기까지 했다. 햇볕에 그을린 검은 얼굴이야 그렇다 치더라도 유난히 반짝거리는 양복은 정말 이지 어울리지 않았다. 수염이라도 말끔히 단장한 게 그나 마 다행이라면 다행이었다. 힐끗거리는 순덕의 눈길이 부담 스러웠는지 배 씨는 농담을 걸어왔다.

"오늘 내캉 데이트 하러 가입시더."

"내가 미쳤능교, 참말로."

순덕은 손사래를 쳤지만, 지난해처럼 검바위 고개까지라 도 차를 태워주면 좋겠다는 생각을 했다. 오늘도 그곳까지 만 데려다주면 좋을 텐데. 그러나 채소를 정리하던 조선족 여편네가 마음에 걸렸다.

"순덕씨 인자 가입시더, 올해는 소주라도 한잔 갈아야지 요?"

"아이고 미천능교, 같이 가게?"

"순대도 챙겼지예?"

배 씨의 능청에도 순덕은 기분 나쁘지 않았다. 근데 조선족 여자는 왜 데려다 놓은 걸까?

"가게 안에 있는 조선족 여편네는 우짜고예?"

순덕은 조선족에 힘을 주었다.

"와요, 궁금한교? 신경실 꺼 엄꼬요, 고마 가입시더."

순덕은 어쩔 수 없다는 듯 치마끈을 겨드랑이 밑으로 추어올리며 출발할 채비를 했다. 민혁과 재혼하던 날, 치마끈을 추어올리는 그녀의 뒤에서 저고리 섶을 매만져 주던 민혁의 눈빛을 지금도 잊을 수가 없다. 보란 듯이 예식은 못했어도 사진관에서 그녀의 어깨를 감싸주던 민혁, 결혼식을 올릴 수 없었던 게 순덕에게 못내 미안했을지도 몰랐다.

배 씨의 소형트럭이 서진주 요금소로 진입했다. 핸들을 잡은 그의 손놀림이 바쁘게 움직였다. 그는 순덕의 마음 따위는 안중에도 없는지 콧노래까지 불렀다. 민혁 같았으면 순덕이 불편한지를 먼저 물어왔을 텐데. 덜덜거리는 트럭소리는 순덕의 복잡한 심경을 아는지 모르는지 요란했다.

창밖을 내다보았다. 모든 게 푸르다. 살아있는 자만이 누리는 혜택일 것이다.

진주 중앙 시장 근처 이층집에 세를 얻었다. 방 두 칸에 부엌 하나 거실에는 2인용 소파가 겨우 들어갔다. 세간은 순덕이 사용했던 것들로 채웠다. 물론 민혁의 부모님께도 인사를 했다. 쉬는 날이면 시가에 들러 무릎이 불편한 시어머니를 도우며, 민혁과 새로운 생활을 시작했다.

민혁은 퇴근 후면 어김없이 집으로 들어와 집 안 청소며 부엌일을 도와줬다. 그가 쉬는 날이면, 촉석루에 산책도 다녔고, 새벽에는 촉석루 계단에 앉아 매미의 이슬 털어내는 소리를 들었다. 순덕은 새로운 일도 생겼다. 가계부를 꼬박꼬박 기록하는 일이다. 순댓국집을 할 때는 가계부를 쓰지 않았다. 써봐야 누가 봐줄 사람도 없었지만, 가계부를 적는다는 게 쉬운 일도 아니었다.

순덕은 목을 길게 빼고 창밖을 내다보는 버릇이 생겼다. 민혁의 퇴근 시간이 늦어지기 시작했기 때문이었다. 무슨 일이 있는 것일까. 전처의 병이 악화하기라도 한 걸까. 수술은 잘되었다고 말했는데, 전처가 데리고 있다던 딸 문제일까. 아이들은 한 달에 한 번씩 부산에서 만나는 모양이던데. 전처소생 아들이야 시어머니와 함께 살고 있어 자주 볼 수 있다지만, 딸아이는 다를 수도 있다는 생각이 미치자 순덕은 겉으로는 태연한 척했어도 편하지 않았다. 민혁 월급으로 전처 아이들과 시부모 뒷바라지하기에는 힘겨울 수 있어 다행이라 여겼는데 그게 아니었던가.

오랜만에 일찍 들어온 민혁은 텔레비전만 보고 있었다. 회사에서 무슨 일이 있었던 것일까? 시부모에게 드린 용돈이 적었나?

박 기사에게 전화가 걸려왔다. 민혁은 전화를 끊자마자 집을 나간 후 자정이 넘어서야 술에 취한 채 들어왔다. 텔레비전을 보던 순덕에게 눈길도 주지 않고 안방으로 들어가 버렸다.

텔레비전에는 지방방송 뉴스가 진행되고 있었다. 버스회사 사장이 회사 돈을 빼돌려 횡령했다는 보도였다.

순덕은 창밖을 내다보았다. 늦은 밤임에도 매미 소리가 요란하게 들려왔다. 밤새 울어야만 아침이 온다고 믿는 것일까.

민혁은 입을 닫은 채 텔레비전만 보다가 잠자리에 들었다. 다음날도 그 다음날도. 어떤 때는 술에 취한 채 들어와 말 한마디 하지 않은 채 잠이 들었다. 순덕은 그에게 말 붙이기조차 부담스러웠다. 민혁에게 무슨 일이 일어나고 있는 것만은 확실해 보였다. 순덕은 초조했다.

지난밤 끓인 아욱국을 데우면서 민혁을 힐끗 보았다. 창밖을 바라보는 그의 모습은 쓸쓸해 보였다. 아직도 전처를 생각하는 건 아니겠지, 상상하고 싶지 않았다. 딸아이 양육비 문젠가? 전처 남편이 부자라고 했는데 거짓말이었던가. 양육비를 보내야 한다면 큰일이라는 생각이 들었다. 시부모 용돈 때문인가……. 그러고 보니 용돈 드릴 날짜가 꽤 지난 것 같았다. 그 일 때문일까. 속 시원히 말이라도 해주면 좀 좋을까.

민혁이 출근한 뒤, 순덕은 서둘러 은행에 들렀다. 시어머니에게 용돈을 드려야겠다는 생각에서였다.

NH 은행 365일 현금 지급기, 그녀는 현금인출기와 마주 섰다. 어서 오십시오라는 전자음이 연속적으로 들려 나왔다. 신용카드를 투입구에 밀어 넣고 익숙한 숫자들을 꾹꾹 눌렀다. 찾을 금액을 입력하라는 전자음과 자막이 나왔다. 30을 누르고 만원을 눌렀다. 잘잘 거리며 돈 세는 소리, 언제 들어도 기분 좋은 소리다. 그런데 잔액이 부족하다는 자막이 깜빡거리고 있었다. 잘못 눌렀나? 현금인출기가 에러를 내는 경우도 더러 있어 같은 방법으로 또박또박 자판을 반복해 눌러보았으나 마찬가지였다. 잔액을 확인해 보았다. 12,343원, 지난달 시장을 보기 위해 찾은 나머지 돈이었다. 월급날이 지났는데 무슨 일일까. 동거한 후 한 번도 이런 일은 없었다. 취소 버튼을 눌렀다. 신용카드가 싱겁게 밀려 나왔다.

가로등 불빛이 하나둘 켜지고 민혁의 퇴근 시간이 가까워져 오자 순덕은 머리가 조여 오면서 매미 소리가 불쾌하게 고막을 후비기 시작했다.

통장에 월급이 입금되지 않은 채 두 달이 지나가고 있었다. 순덕은 장롱 서랍 맨 아랫단을 열고 바닥을 훑었다. 빡빡한 질감이 손끝에 닿았다. 민혁과 동거하기 전 가게를 정리하고 남은 돈이었다. 적금통장을 가슴에 안았다.

민혁은 오늘도 늦었다. 시부모님 댁에라도 간 걸까? 낮에 시가에 들렀을 때 얼마 전에 다녀간 듯했는데……. 자정이 가까워서야 민혁이 술에 취한 채 집에 들어왔다. 애써 웃었으나 그의 시선은 허공을 향하고 있었다.

순덕은 걸레를 집어 들었다. 그녀는 오늘이 마지막이라도 되는 것처럼 주방이며, 코딱지만 한 거실이며, 안방 바

닦을 걸레질하기 시작했다. 장롱 틈새에 낯선 카세트가 보였다. 무심결에 시작 버튼을 눌렀다. 요란한 전주곡이 흘러나왔다.

흩어지면 죽는다. 흔들려도 우린 죽는다. 하나 되어 우리 나선다.
승리의 그 날까지 지키련다. 동지의 약속 해골 두 쪽 나도 지킨다.
노조 깃발 아래 뭉친 우리 구사대 폭력 물리친

……? 순덕은 카세트를 꺼 버렸다. 무슨 행진곡인가? 중학교 시절 가을 운동회 때 하던 매스게임 행진곡이 생각났다 그러나 느낌은 달랐다. 생경한 노랫말이긴 해도 듣는 순간 가슴이 벌렁거리고 오금이 저려왔다. 버튼을 다시 눌렀다.

우리 파업 투쟁으로 뭉친 우리 해방 깃발 아래 나선다.
흩어지면 죽는다. 흔들려도 우린 죽는다. 하나 되어 우리 나선다.
승리의 그 날까지

낯선 오디오 카세트도 그랬지만, 그 이상한 노래를 들은 후로 불안함이 순덕의 온몸을 옥죄어 왔다.

순덕은 점점 줄어드는 적금통장이 불안했다.

"월급이 안 들어오던데 알고 있는교?"

"응."

"회사에서 월급이 안 나오는교?"

"……."

순덕은 가슴이 오그라드는 것 같았지만, 겨우 말을 꺼냈다. 그의 무응답에 순덕도 더는 묻지 않았다. 그의 회사가 어디에 있는지도 모르면서 월급 운운했던 게 오히려 미안했다. 그녀는 민혁의 회사를 찾아보기로 했다. 다행히 버스 몇 정거장이면 도착할 수 있는 거리였다.

집 앞 버스 정류장에서 버스를 탔다. 가슴이 뛰었다. 스피커에서 다음 정류장이라는 안내방송이 나왔다. 다음 정거장에서 내릴 채비를 하는데 한참을 기다려도 버스가 움직일 생각을 하지 않았다.

"저어기, 아재요! 무신 사고 난능교?"

순덕은 다급한 나머지 옆에 서 있던 중년 신사에게 물어보았다. 한심하다는 듯 바라보는 중년신사의 눈빛을 그녀는 보았다.

"운전수 새끼들이 데모한다 카데예, 개자식들! 차는 댕기야지."

도로가 완전히 막혀 버렸으니 그럴 만도 했다.

"와요? 데모는 와 하는데예?"

"사장 놈이 돈 띠무따고 뉴스에 나왔던데, 텔레비도 안 보능교?"

"그라머, 그 회사가 한창운숩니꺼?"

"하모 예, 그래도 버스는 댕기야지."

길거리는 차들로 북새통을 이루고 있었다. 순덕은 버스에서 내려 회사까지 걸어가 볼 참이었다.

"나쁜 놈들! 왜 월급을 안 줘!"

순덕은 혼잣말로 중얼거리면서 민혁을 의심한 게 미안했다. 시골에서 농사를 지을 때 일손이 모자라는 경우가 더러 있다. 이럴 때면 이장 댁을 만나서 내일이나 모레 딸기 수확을 하니 일손이 부족하다는 이야기만 하면 그만이었다. 그리고 임금은 출하한 뒤 이장 댁에 돌려주면 그뿐이었다. 일기가 고르지 않아 작황이 나쁠 때 이웃 마을로 일손을 보태러 가기도 한다. 그럴 때도 임금은 작물이 출하되면 곧바로 지급된다. 농사꾼도 그런데 대가리에 먹물깨나 들었다는 인간들이 돈을 떼먹었다니 말이 되는 소린가.

신사 양반은 그녀를 한심하게 바라보며 버스 앞에서 일어나고 있는 꼴을 보라는 듯 창밖을 보고 있었다. 붉은 깃발들이 펄럭이고 격앙된 외침이 들려왔다. 저 속에 민혁도 있을 거란 생각에 순덕은 가슴이 먹먹해 왔다.

며칠 전 카세트에서 들었던 곡이 들려왔다. 순덕은 마치 데모 대열에 참여라도 할 기세로 손을 걷어붙여 보았지만, 그녀가 할 수 있는 일은 없었다.

월급 통장은 여전히 12,343원만 찍혔다. 순덕은 적금 통장을 해약해 시댁을 찾아 몇 푼 안 되는 돈이어도 시어머니에게 용돈을 드렸다. 민혁의 부담을 들어줘야겠다는 생각이었지만, 손이 떨렸다.

매미 소리가 귓속을 다시 파고들었다. 병원을 찾았다. 아래층 아주머니 충고에도 치료비가 아까워 차일피일 미루었던 게 병을 키웠다. 번호표를 받고 대기 순번을 기다리는 동안에도 귓속에서 매미 소리가 들려왔다.

의사는 몇 가지 질문으로 간단하게 '이명 증세(耳鳴 症勢)'라고 진단했다. 치료를 받지 않고 내버려두면 심한 우울증으로 발전해 생명까지 위험할 수 있다는 의사의 말에 순덕은 가슴이 철렁 내려앉았다. 여러 가지 원인이 있을 수 있겠지만, 스트레스일 수 있다는 말과 치료를 받으면 걱정하지 않아도 된다고 했다. 사실 오래 전부터 귓속에서 매미 소리가 찌지직거리면 뒷골도 아팠다.

빌딩 그림자가 거리에 남은 햇살을 몰아내 중앙시장에 붐비던 사람들이 자취를 감추기 시작했다. 순덕은 텔레비전을 켰다. 지방 뉴스가 막 끝나려는 데 화면 하단에 자막이 지나갔다.

[한창여객 노사 협상 결렬]

민혁이 현관 안으로 들어섰다. 좀 전까지만 해도 귓속을 후비던 매미 소리도 멎었다. 그의 손에는 검은 비닐봉지가 여럿 들려 있었다. 돼지고기 수육과 채소를 담은 봉투였다. 그녀는 월급이 나왔으리라 짐작했다. 통장에는 숫자 한 줄이 더해질 거였다. 순덕은 신바람이 났다. '월급 나왔어요?'라는 말이 목까지 올라왔으나 마른침을 삼켰다. 그는 돼지 수육과 소주 서너 병을 다 비울 때까지 별말을 하지 않았다.

순덕도 오랜만에 마신 소주 때문인지 소파에 잠깐 기댄 채 잠이 들었다.

지지지직 매미 소리가 요란스럽게 들렸다. 스트레스가 원인이라던 의사 말이 생각났다. 순덕은 편안해지려고 애쓸수록 매미 소리는 점점 세게 들렸다. 뒷골도 아팠다. 병원에서 준 약을 먹은 뒤 두통은 현저히 좋아졌으나 통증은 완전히 가시지 않았다. 그런데 왜 이럴까? 뒤척이기를 여러 번 하면서 그녀는 계속 편안해지려고 마음먹었다. 월급도 나왔고, 이제 걱정할 것도 없는데. 매미 소리는 더욱 기승을 부리며 귓속을 후볐다. 그녀는 귀를 틀어막았다.

거친 숨소리와 가래 끓는 소리가 연이어 들려왔다. 안방에서 나는 소리가 분명했다. 순덕은 본능적으로 방문을 열었다. 민혁이 침대 귀퉁이를 잡고 온몸을 비틀며 거품을 입에 물고 목을 긁고 있었다. 그의 목에 난 손톱자국을 따라 붉은 선혈이 낭자했다.

"무슨 일잉교?"

"으으으ㅡ으."

민혁은 두 손으로 목을 긁으며 몸을 비틀었다. 물을 찾는지, 말을 하려는지 그의 손은 허공을 허우적거리고 있었다.

순덕은 계단을 내려가 도와 달라고 소리쳤다. 슈퍼 아저씨가 무슨 일이냐며 뛰어 왔다. 일층 아저씨도 뛰어왔다. 그의 얼굴은 검푸르게 변해 가고 있었다. 순덕은 민혁을 가슴으로 부둥켜안았다. 미친년이 따로 없었다. 그녀 귓속의 매미 소리가 드세게 파고들었다. 그의 목은 검푸르게 변했고 민혁이 점점 무겁게 느껴졌다. 그녀는 더는 그를 보지 못할 것 같다는 생각이 들었다. 멀리 순찰차 앵앵거리는 소리가 들려왔다.

미루나무 숲을 점령하고 요란을 떨던 매미들도, 맑은소리를 들려주던 강물도 멈추어 버린 듯 사방이 조용하다. 강둑을 걷고 있는 민혁이 보였다. 어깨에 매미 날개를 달고 날갯짓을 하고 있었다. 그의 날개는 비단처럼 고왔다. 한낮의 햇살은 강렬했다. 순덕은 민혁의 날개가 햇살에 부딪혀 부러질까 두려웠다. 그녀는 눈을 감았다. 한참을 지났는데 아무 소리도 들리지 않았다. 눈을 떴다. 날개는 사라지고 민혁은 강물 속으로 가라앉고 있었다. 순덕은 민혁의 손을 잡으려고 손을 내밀었다. 그러나 허사였다. 순덕은 정신을 차려야겠다는 생각만 들었다.

배 씨를 곁눈질해 보았다. 핸들에 두 손을 고정한 채 엑셀

페달을 쉼 없이 조작하는 게 눈에 들어왔다. 그는 소형 트럭을 금방이라도 공중으로 날려버릴 태세로 앞서가는 승용차를 추월하려 애쓰고 있었다. 어쩌면 영원히 따라잡지 못할 수도 있을 터인데. 그는 운전에 열심이었다. 누가 내일을 장담하던가, 오늘 하루 열심히 살면 그뿐인 것을 ……

민혁의 죽음으로 한창여객 사장은 구속되었다. 노조에서 주장했던 사건들이 신문기사로 활자화 되어 사실로 증명되었고 검찰에서도 더는 한창여객 대표를 보호할 수 없기 때문이라고 했다. 그는 자살이었으나 투쟁을 하다 발생한 결과라는 노조의 압박에 민혁은 열사라는 칭호를 얻게 되어 시장장으로 그의 장례를 치르게 되었다.

순덕은 열사가 무엇인지, 그가 왜 자살을 했는지 알지 못했다.

민혁의 장례 치르던 날이었다. 그의 울음소리가 진주 시청 앞 광장을 덮치고 있었다. 만장을 든 사람들이 앞장서고 소복을 한 여인이 살풀이춤을 추며 노제를 지냈다. 이승에서 진 짐을 모두 벗어버리고 편하게 저승으로 가라는 뜻일 게다. 검은 리본을 가로지른 리무진에 누운 민혁은 아무 말도 하지 않았다. 수많은 군중이 경찰 닭장차의 호위 속에 목이 터져라 노래를 부르며 장엄한 행진을 하고 있었다.

순덕에게는 '내가 죽지 못하니 너라도 죽어라' 라고 하는 것처럼 들렸다. 민혁이 죽어야만 해결될 수 있었던 일이었던가. 그럼 순덕은 민혁에게 무엇이었던가. 그녀는 민혁의 죽음을 이해할 수가 없었다.

가족들 수군거리는 말이 들려왔다. 유산 문제인 것 같았다. 순덕은 생각조차 해보지 않았던 일이었다. 그러나 현실이었다.

순덕은 민혁과 동거를 했어도 사실혼을 증명하려면 민혁 동료의 도움을 받아야 했다. 만만한 게 아니었다. 그에게는 부모님과 형제들이 서넛, 그리고 전처소생 오누이도 있었다.

"우짤 낀데요, 행님, 대리인은 조카가 돼야지요."

"하모, 그래야 안 되겠나."

순덕은 시어머니를 바라보았다. 실신 상태에 있던 순덕을 바라보던 시어머니도 아무런 말을 하지 않았다. 시어머니는 어떻게든 순덕을 위로하고 싶었을 것이다. 그러나 현실은 다르다는 것을 시어머니는 알고 있었는지 아무 말도 하지 않았다.

어쨌든, 순덕에게는 상관없는 일이었다. 사랑하는 남자를 보내는 것만 해도 힘겨운데 유산 운운한다는 게 가당키나 한 일인가. 민혁이 힘든 짐을 모두 내려 버리고 편안히 쉬기를, 그리고 순덕은 그와 함께 보낸 시간으로 이미 보상받았기 때문이었다.

검은 리본을 단장한 검은색 리무진을 따르는 무리의 외침은 진주 시청 광장을 가득 메웠다. 죽은 자를 위한 것인가, 산 자를 위한 것인가. 산 자라면 누군가. 동료의 주검을 둘러메고 시청 광장에 모인 수많은 사람을 위한 것인가. 정작 가장 안타까워야 할 아내와 자식 그리고 가족을 위한 것인가. 무엇이란 말인가. 어쭙잖은 몇몇 애도문과 몇 푼의 위로금이 죽은 자를 살려내기라도 한다는 말인가. 야단들이다. 차라리 미쳤다. 저들이 언제 저렇게 열정적이었던가. 민혁을 자살로 몰고 간 게 월급을 떼어먹은 한창여객 사장만이라고 말할 수 있는가. 그를 죽음으로 몰고 간 동료의 함성, 몇 푼 되지도 않은 적금통장을 해약하면서 손을 부들부들 떨었던 순덕 자신일 수도 있다는 생각에 그녀는 초라해 견딜 수가 없었다. 광장에 모인 사람들 모두 공범일지도 몰랐다.

　배 씨 트럭은 산청 요금소를 빠져나가 내비게이션이 가리
키는 남쪽으로 향했다. 가로수 사이로 낡은 슬레이트 지붕
이 천천히 다가와 쏜살같이 사라졌다. 순덕은 해마다 이곳
을 지나면서도 초조하기는 늘 마찬가지였다. 산들이 바짝
웅크리고 있는 게 계곡 초입까지는 그리 멀지 않았다. 검바
위고개라는 이정표가 멍하게 지나갔다. 계곡의 막바지일
터, 지금부터는 오르막길이다.

　배 씨는 고갯마루에 차를 세웠다. 지난해에도 또 그전에
도 순덕은 검바위고개에서 민혁을 더듬고 돌아갔다.

　황매산이 숨을 고르고 있었다. 골짝마다 촘촘하게 박힌
다랑논, 여전히 세월에 갇혀있었다. 경상남도 합천군 가회
면 둔내리 세꽃안골, 지도에도 잘 나타나지 않는 황매산 중
턱의 작은 마을, 그 뒷산, 민혁이 잠들어 있는 곳이었다. 그
를 이곳에 두고 떠나면서 그를 위해 아무것도 할 수 없었던
자신이 서글펐던 기억. 그때나 지금이나, 아무것도 할 수 없
는 것은 마찬가지지만……. 어쩌면 그의 무덤에 잡초 한 줌
뜯어내지 못한 변명일지도 몰랐다.

"와 정말 멋지데이."

승용차에서 내린 배 씨의 탄성이다.

"……."

순덕의 긴장한 모습을 눈치챘는지 배 씨는 딴청을 피웠다. 해마다 이곳에서 차를 세우고 순덕에게 긴장을 풀어준 그에게 고마운 마음이야 말할 수 없어도 순덕은 민혁을 내칠 수가 없었다.

봉우리와 봉우리가 사슬처럼 엮여 있다. 긴 세월을 혼자서 버티기가 어디 쉬운 일이던가. 수천 년을 지나면서 얻은 지혜일 터였다.

마을 어귀에 차를 세웠다. 오솔길이 물뱀처럼 산모퉁이를 감아 돌았다. 돌담에 서까래만 걸친 슬레이트집도 그대로였다. 골목을 지나면 산으로 오르는 오솔길, 기억을 더듬으면 길을 따라 산을 올랐다. 쓰러지듯 무성한 구절초며 바위틈에 용케 뿌리내린 늙은 소나무도 그대로였다. 마른 개울이 보였다. 이 개울을 건너면 왼편에 민혁의 묘지가 있었다. 그곳은 그의 시골집이 내려다보이는 곳이다. 집이라야 납작한 낡은 지붕 두어 칸이었지만, 나이 들면 이곳에서 살 거라고 말하곤 했던 집이었다. 어쩌면 민혁은 소원을 이룬 셈인지도 몰랐다.

봉분이 보이기 시작했다. 대리석 휘장에 잔디를 덧씌워 만든 아담한 묘지였다. 제물을 든 손이 떨렸다. 순덕은 한복 매무새를 손질했다. 무덤을 바라보았다. 억새와 칡넝쿨이 대리석 휘장을 뒤덮은 채 방치되어 민혁의 피와비는 잡초에 가려 보이지도 않았다. 순덕은 억장이 무너졌다. 무덤을 얽어맨 억새풀을 손으로 뜯어내며 울부짖었다. 열사라 외쳐대던 사람들은 어디를 갔고, 유산 운운하던 가족들은 어디에 있단 말인가. 순덕은 손톱이 찢어져 피범벅이 될 때까지 잡초를 쥐어뜯고 뜯었다.

민혁의 묘지에는 그가 세상에 남긴 마지막 흔적조차 없었다.

그녀의 가슴속 외침에 놀랐는지 매미들이 울기 시작했다. 지지지직 구천에 떠돌던 그의 영혼이라도 온 것일까. 일주일을 살기 위해 수년을 땅속에 웅크려 살았던 설움이 복받쳐 오르기라도 한 것일까.

배 씨가 준비한 제물을 차렸다. 순덕이 제를 올리는 동안 그는 민혁의 묘지를 정성껏 벌초했다. 쓰러져 가는 늦여름 햇살이 아쉬워서일까 매미 소리가 자지러지고 있었다.

"순덕 씨 맹년에도 같이 올끼죠?"

순덕은 고개를 끄덕였다. 그리고 살코기 실한 수육에다 소주 한 잔을 배 씨에게 대접하고 싶었다.

배 씨의 소형트럭은 쭉 뻗은 고속도로를 힘차게 달렸다.

뿌리와 뿌러지

[뚜둑]

　　문자 메시지 알림음이 들렸다. 알 수 없는 번호라는 경고 메시지가 스마트폰 창에 떴다. 저장돼 있지 않은 전화번호다. 스팸일 거라는 생각에 삭제키를 누르려다 혹시 하고는 메시지 창을 꾹 눌렀다.

　[경주최씨 문중, 사성공파, 24대 할아버지 이하 후손 문중 묘사를 안내합니다]

　얌전한 문장으로 시작하는 문자메시지가 나타났다. 문중

묘사, 오랜만에, 아니 난생처음 받아보는 생소한 문자였다. 이 생소함이 호기심을 자극했다. 그런데 요즘도 문중묘사에 관심 있는 사람이 있을까. 나는 메시지를 보낸 사람이 궁금했다. 하기는 명퇴라도 한 뒤 할 일이 없어 심심풀이 땅콩으로 하는 짓이거나, 아니면 마른 검불을 뒤집어쓴 조상의 묘가 정말 안타까워 사비를 털어서라도 예를 지키겠다는 의지가 결연한 사람이 아니고서야, 이런 하잘것 없는 일에 메시지까지 보낼 리 없었다. 하지만, 한편으로는 경외심마저 들었다. 이렇게 삭막하고 건조한 세상에 조상 묘사라니, 어지간히 배부르고 여유 있는 자들이 아닌가.

문자메시지야 잘못 전달될 수도 있는 일이어서 누군가가 실수했을지도 모른다는 생각도 해봤다. 어떤 때는 [역삼동 300,000, 화끈하게 해 줍니다] 뭐, 이런 스팸 문자 때문에 아내에게 닦달을 당했던 경험도 있었고, 그리고 전화 금융사기로 금전 피해를 본다는 뉴스가 텔레비전에 자주 오르내리는 것을 보면, 이상한 문자메시지는 지워버리는 게 좋을 듯싶었다. 그렇지만, 분명 나와 같은 성씨에 같은 파, 정확하게 알지 못해도 분명 아버지에게 들었던, 그리고 어린 시절 문중 묘사에서 어른들에게 들었던 흐릿한 기억 속에도 익숙한 사성공파였다. 그렇다면 적어도 잘못 전달된 메시지는 아닐 거라는 생각도 들었다.

40년 전, 아버지가 돌아가신 후, 아니 그보다 훨씬 전의 일이었다. 내가 초등학교도 입학하지 않았을 때, 잔디가 누렇게 물들고 낙엽이 지기 시작하면 날씨가 을씨년스러워진다. 그러면 아버지는 여지없이 흰 두루마기를 입으시고 장남인 나를 앞세워 선산묘소에 묘사를 지내러 갔던 아득한 이야기가 내 기억 속에 가물거렸다.

"이놈이 제 장남입니다."

머리가 희끗희끗한 집안 어른들에게 일일이 나를 소개하면서 아들 자랑에 열을 올리셨던 아버지, 이제는 그 아버지 언저리조차 흐릿하지만, 나를 친척 어른들에게 자랑하면서 아버지는 무슨 생각을 했을까. 아마도 세상에서 가장 똑똑하고 훌륭한 인물이 될 거라는 확신을 하고 계셨을지도 몰랐다.

[이번에는 꼭 참석하여 주시기 바랍니다]

해마다 이때쯤 문자메시지를 보냈다는 게 아닌가. 그렇다면 연락처는 어떻게 알았을까? 그런데 내 대뇌 기억장치에는 묘사라는 낱말은 전혀 저장되어 있지 않았고, 내 전화번호 또한 바뀐 적도 없었다.

[토요일로 임시 날짜를 정했습니다]

다시 말해서, 정해진 날에 묘사를 지내니 휴일이 아닌 경우에는 참석률이 저조해 공휴일로 묘사 날을 정했다는 뜻으로 보였다. 마치 묘사에 참석하지 않으면, 조상도 모르는 불효막심한 놈으로 몰아갈 것 같이 은근히 참석을 강요하는 문자메시지였다. 갈수록 태산이다. 만일 내가 메시지를 씹어버리기라도 하면 어떻게 되는 거지? 그리고 조상이 언제 나를 돌봐주기라도 했던가. 하루하루를 살아남기 위해 남은 숨까지 헐떡거리며 지금까지 살아왔는데, 그동안 어떤 조상이 나를 돌보아 주기라도 했던가. 가당찮은 문자메시지에 나는 슬슬 짜증이 나기 시작했다.

묘사를 지내는 선산은 경상북도 포항시로 되어있었다. 울산으로 해야 맞을 텐데 혹시 실수라도 한 것 아닌가. 포항이든 울산이든 KTX 고속열차표를 미리 예매해야 가능한 일이며, 경주까지 가려면 이른 새벽부터 서둘러야 한다. 이 무슨 당치도 않은 행사인가. 가까이 사는 그들이야 느긋한 아침으로 나들이하듯 뒷짐을 지고 출발하면 될 일이어도, 서울이 어디 시골 앞동산이라도 된다는 말인가. 적어도 서울역까지 가는데도 한 시간은 걸리고, 그리고 서울역에서 경주까지는 거의 400km나 된다. 아무리 고속열차라 해도 이른 새벽에 출발해야 겨우 약속 시각을 지킬 수 있을 텐데 그의 문자처럼 그렇게 간단한 일은 아니다.

나는 변명거리라도 찾아낼 요량으로 묘사 일에 있을 약속을 점검해보았다. 아무런 약속도 없으면서 갈 수 없다는 핑계를 대기에는 성(姓)이 같다는 이유로든 후손이라는 이유로든 미안할 것 같아서였다. 그 많던 친구 자식의 결혼식은 모두 묘사 일을 피해있었다. 이럴 때 동창 모임이라도 하면 좀 좋을까, 나는 일주일 내내 고대하던 로또복권이 겨우 숫자 두 개만 맞춘 것처럼 허탈감에 빠져버렸다.

[예, 포항 묘사에 참석하겠습니다]

나는 한참을 망설이다가 누군지도 모르는, 아니 조상을

극진히 모실 것 같이 메시지를 보낸 사람에게 마음에도 없는 메시지를 날리고 말았다. 일말의 양심조차 버릴 수 없다는, 그리고 그들에게 성이 같다는 이유로 신세는 지지 말아야겠다는 작은 자존심의 발로라고 하는 게 오히려 옳았다.

[참석자 3명]

포항 묘사 참석자들 이름이 적혀 있었다. 나를 포함하면 4명이었다. 메시지로 보내온 이름에는 아버지 돌림자와 같은 분이 두 분, 나머지 한 명은 나와 돌림자가 같았다. 어지간히 할 일 없는 위인들이 아닌가. 하긴 돌림자가 아버지와 같다면 그들은 이미 노인일 것이 분명하지만, 나와 같은 돌림자를 가진 사람은 도대체 무슨 일을 하는 사람일까? 시골에서만 자라 고리타분하고 어눌한 위인일 것 같다는 생각이 들었다.

나는 거울을 보았다. 네모진 얼굴에 각진 턱, 광대뼈에 힘이 가득 들어가 드세게 보이는 우랄 알타이족의 한 족속, 모르긴 해도 그들도 나와 비슷한 모습은 아닐까? 피식 웃음이 나왔다.

[시간에 맞춰 도착하겠습니다]

09:30 경주역 도착이면 서울역에서 늦어도 일곱 시에는 KTX 고속열차를 타야 한다. 나는 마지막 메시지를 날리면서 이 황당한 일에 온전하게 쉴 수 있는 나의 하루를 몽땅 날려버렸다는 아쉬움이 더 컸다.

묘사에 대한 내 기억은 아득한 옛날이야기다. 어릴 적, 묘사의 의미도 모르면서—지금도 모르지만—단지 묘사 후에 나누어주는 떡이 먹고 싶어 각 문중 묘사마다 찾아다녔던 기억뿐이었다.

그때는 먹을 것이 귀했던 탓도 있었지만, 마을 아이들은 누가 더 많은 떡을 얻어 오나가 관심이었다. 앞산에서 묘사를 지내는 김 씨들의 묘사는 인심이 후했고, 마을 입구 서낭당 아래의 박 씨들 묘사는 노랑이라, 묘사 후 나누어 주던 떡도 형편없이 적어 기피 대상이기도 했다.

특히나 아버지를 따라 문중 묘사에 다녔던 기억은 거의 오십 년 전의 일이었고, 지금에야 그때 기억을 해낸다는 것조차 멋쩍은 일이다. 그리고 나는 묘사라는 단어를 잊어버린 지도 오래되었다.

도대체 이 복잡하고 살기 힘든 세상, 아니 사무실에서 집 안을 스마트폰으로도 훤히 감시할 수 있는 시대에 묘사라니, 이 무슨 시간을 거꾸로 돌려서 사는 사람들 아닌가. 나는 이 엄청난 현실을 황당해하면서도 그들에 대한 새로운 호기심이 생겼다.

어릴 적 아버지와 묘사에 갔을 때였다. 선산 제일 위쪽에 있는 할아버지 묘 앞에서 집안 어른들과 제사를 지내신 후 아버지는 할아버지의 작위가 종이품 참판이었다는 말씀을 내게 하시고는, 너도 이담에 커서 할아버지처럼 훌륭한 사람이 되어야 한다고 하셨다. 나는 그냥 고개를 끄떡였고, 그런 나를 바라보는 아버지는 벌써 아들이 종이품 참판이라도 된 것처럼 연신 싱글거리던 모습을 보았다.

그때 나는 종이품 벼슬이 뭔지 참판이 뭔지도 몰랐을 때였다. 단지, 이 곤란한 자리를 빨리 벗어나고 싶다는 생각밖에 없었다는 기억이 어슴푸레 났다. 그리고는 마음속으로 '제발 저를 집으로 데려가 동네 아이들과 놀게 해 주시는 게 저를 도와주시는 겁니다'라고. 아버지는 내 속마음을 눈치채셨는지 노기로 가득한 눈으로 나를 흘기면서도 집안 어른들 앞이라 화를 참으시는 아버지 눈빛이 지금도 선하다. 그때는 정말이지 아버지가 싫었다.

KTX 고속열차를 예약하기 위해 인터넷을 뒤졌다. 두 시간이면 경주에 갈 수 있다고 한다. 정말 대단한 일이다. 내가 처음 서울에 왔을 때만 해도 빨라야 8시간이었다. 경주로 가려면 경부선이 아니고 중앙선을 타야 했다. 중앙선은 청량리에서 출발해 서울역보다 기차표 예약이 훨씬 어려웠다. 그렇게 어렵게 예약한 기차표로 여덟 시간 기차를 타고 경주에 도착하면 가족 모두가 탈진해 버렸다. 그리고 조상에게 절 한 번 하고 곧바로 귀경해야 그 다음 날 출근을 할 수 있었다. 이 무슨 우라질 명절인가. 차라리 가지를 말아야지.

그리고 평일인 경우에는 기차표라도 쉽게 구할 수 있지만, 명절에는 밤샘으로 줄을 서야 겨우 예약을 할 수 있었다. 다행히 예약이라도 할 수 있으면 그야말로 행운이었다. 조금이라도 늦게 줄을 서면 실컷 기다리고도 기차표 예약을 할 수 없었던 게 한두 번이 아니었다. 일 년에 네댓 번은 이런 소란을 떨어야 한 해를 보낼 수 있었다.

[출발역 : 서울역]

[도착역 : 신경주역]

[49,300원]

시속 300km 두 시간 오 분, 낮잠 한 번이면 경주에 도착할 수 있다. 이 엄청난 사실이 새로웠다. 왕복 98,600원 적은 비용은 아니어도 이렇게 간단하게 경주에 갈 수 있다니 신기하기도 했다. 나는 혹시라도 있을 약속을 기대하면서 기차 예약을 서둘러 끝냈다. 다행인 것은 그동안 약속이라도 생기게 되면 하루 전에만 취소해도 10% 위약금만 물면 된다는 약정서도 있어, 그때 취소해도 늦지는 않을 것 같았다.

[준비물은 없나요?]

나는 묘사를 어떻게 지내는지 모른다. 그래서 준비물이 있을 것 같아 조심스럽게 문자 메시지를 보냈다.

[준비물은 없습니다. 그냥 오시기만 하면 됩니다]

묘사를 지내려면 우선 제물이 있어야 할 것이고 제꾼들은 적어도 두루마기는 아니더라도 정장이라도 해야 할 것만 같아서였다. 어릴 적 아버님은 물론 큰아버지 그리고 수염을 길게 길렀던 친척 할아버지들은 한결같이 흰 두루마기를 입으셨던 기억 때문이었다. 그런데 준비물이 필요 없다니 말이 되는 소린가. 묘사란 게 조상에 대한 작은 감사의 정성을 드리는 자리가 아닌가. 이렇게 막무가내로 아무 준비 없이 가도 되는지. 아니면 나를 욕보이려는 그 잘난 친척의 꿍꿍이가 아니면, 묘사에 대해 뭘 잘 모르는 작자가 아닌가.

[네, 알겠습니다

나는 정장이 번거로울 것 같아 편한 평상복으로 가기로 했다. 어차피 묘사는 산 중턱 어느 곳일 것이고 그렇다면 간편한 복장이 편리할 것 같았다.

어머니가 돌아가신 지 이십 년은 지났다. 그 이후, 고향에 갈 일이 없었는데 고향이라니 새삼스럽다. 고향이란 언제나 마음을 설레게 해도, 막무가내로 갈 수 있는 곳도 아니다. 적어도 가까운 피붙이라도 있어야 마음이라도 먹을 수 있다. 그래서 나에게 고향은 그냥 그리움의 대상이지, 가야 하는 목적지가 아닌지는 오래전의 일이다.

일곱 시까지 서울역을 도착하려면 출근시간보다 이른 시간에 아침을 먹어야 한다. 아내의 투덜거림에 우유 한 잔으로 배를 채우고 서울역으로 향했다. 텅 빈 지하철이 이상하리만치 허망했다. 앞사람의 엉덩이에 엉덩이를 맞대고 아랫배에 힘을 실어야 겨우 탈 수 있었던 지하철이었다. 그렇게 많았던 사람들은 다 어디로 사라진 것일까. 이 황당한 현실에 나는 아연해 하면서도 비어있는 의자에 자신만만하게 몸을 실었다.

서울역을 떠난다는 방송과 시속 300km로 달리니 특별히 안전에 유의해달라는 승무원의 방송이 끝나자 KTX 고속열차는 천천히 움직이기 시작했다.

30년 전, 나는 명절 때만 되면 스트레스에 휩싸였다. 아내의 등과 손에는 두 아들이 매달렸고 내 어깨에는 값싼 선물 보퉁이가 치렁거렸다. 겨우 청량리역에 도착하면, 열차가 연착해서 미안하다는 안내방송이 역 광장을 흔들었다. 예사로 있는 일이라 짜증을 내거나 호들갑도 떨지 않았다. 시간이 되면 으레 갈 것인데 조금 늦게 도착해도 그리 문제 될 게 없었다.

열차 안은 어린아이 울음소리로 가득 찼다. 아이 엄마는 아이에게 미처 젖 물릴 시간도 없이 열차를 타서인지 어린아이가 배가 고팠던 모양이었다. 아직 젖도 떼지 않은 어린아이를 데리고 시가 혹은 친정에 가는 길일 터였을 것이다. 좌석표를 구하지 못했는지, 큰 소리로 울어 재끼는 게 부담스러웠던지, 아이 엄마는 선 채로 블라우스를 젖히고 젖통을 드러낸 채 아이에게 젖을 물렸다. 좌석에 앉아 있던 할아버지는 아이 엄마에게 앉기를 권했으나, 아이 엄마는 손사래를 치면서 괜찮다고 했다. 젖먹이 엄마가 안쓰러웠던 주위 사람들이 서로 양보하던 광경이 아직 눈에 선하다.

술에 취해 고래고래 고함지르던 중년 아저씨, 무엇이 그를 술에 취하게 했는지 알 수 없어도 기차는 그들을 싣고 그렇게 여덟 시간을 밤새 달려가던 고향이었다. 청량리역은 그렇게 귀향과 귀성의 출발이자 도착지였다.

KTX 고속열차 안은 조용했다. 승객들은 열 지은 의자에 기대어 눈을 감고 있거나, 스마트폰이나 노트북으로 무언가 열심히 하는 사람들뿐, 아이들 보채는 소리나, 큰 소리로 떠드는 일조차 보이지 않았다. 스마트폰에만 머리를 처박고 있는 무신경이 답답하고 지루해 섬뜩하다는 생각마저 들었다.

KTX 고속열차는 한 치 오차도 없이 대전역에 도착했다. 몇몇 사람들의 움직임으로 지루했던 시간은 쓸려나가고 밀려들어 왔다. 겨우 한 시간이 지났을 뿐인데 한나절은 지난 것 같았다. 그렇게 아무런 동요도 소요도 없이 완벽함에 가까울 정도로 그들이 원하는 곳으로 가고 또 오고 있었다.

[신경주역]

두 시간 오 분, 정확하게 신경주역에 도착하는 KTX 고속열차, 차표에 기록된 도착시각을 단 일 분도 틀리지 않고 신경주역에 도착했다. 신기했다. 명절 때 요행히 기차표를 구해 기차를 탄다고 해도 한 시간 지연은 예삿일이었다. 그리고 그 지연이 이상하지도 않았고 어떤 사람도 연착한 열차에 대해 항의하는 경우도 없이 으레 그런 것으로만 생각했다. 그런데 일 분도 틀리지 않고 도착하는 KTX 고속열차가 오히려 이상하게 느껴졌다. 신경주역에 도착한다는 승무원의 목소리가 채 끝나기도 전에 내가 탄 KTX 고속열차는 신경주역에 도착했다.

신경주역은 산 속에 묻혀 있었다. 역이라면 도심의 많은 사람이 오가는 곳일 거라는 내 생각과는 전혀 딴판이었다. 경주라면, 관광객으로 북적대던 기억뿐이어서 이렇게 조용하리라고는 상상조차 하지 못했다. 지역이 경주 구도심에서 멀리 있는 탓일 수도 있겠으나, 오히려 조용한 경주는 이상하리만치 허전해지는 것 또한 사실이었다.

역사를 빠져나오자 문자가 도착했다. 내가 있는 위치를 묻고 있었다.

[지금 KTX 고속열차로 도착했습니까?]

[네, 택시 승차장으로 가고 있습니다.]

[알겠습니다. 조금만 기다려 주세요]

혹시나 놀림을 당한 것은 아닌가 하는 의심이 들기도 했으나, 시간에 맞춰 도착한 문자메시지에 나는 적이 안심은 되었다. 거듭되는 메시지 주인공의 얌전한 문자 내용 또한 내 기분을 괜찮게 했다. 그렇지만 나를 찾기 위한 그 어떤 질문도 하지 않아 나를 잘 아는 사람일 거라는 생각을 해 보았다. 조상을 얌전하게 잘 섬기는 그 잘난 친척이 누굴까. 나의 궁금증은 점점 증폭해 갔다. 그는 엄청나게 부자라서 언제든지 시간과 돈을 쓸 수 있는 친척이든지, 아니면 적어도 조상을 위해 무엇이든 할 수 있는 사람일 것이다. 그렇지 않으면, 돼먹지 않게 잘난 척만 하는 저급한 어떤 망나니 같은 친척일지도 모른다는 생각에 머리가 혼란스럽기는 해도 얌전한 그의 문자메시지를 보면 후자는 아닐 듯싶었다.

혹시 나와 비슷한 얼굴을 가진, 아니면 나처럼 네모난 아래턱의 각이 발달한 사람이 나를 찾을 거란 생각을 하면서 역사 승차장으로 들어오는 승용차를 눈여겨 살폈다.

네모진 턱, 나는 네모진 턱이 무척 싫었다. 그래서 가름한 턱을 가진 아내와 결혼했다. 그러면 아들은 나처럼 보기 싫은 턱을 가지지는 않을 거라는 기대감 때문이었다. 그런데, 어릴 적에 가름하던 아들의 턱은 자라면서 네모로 변해가는 게 속상했던 기억과 그러면서 은근히 나를 닮아가는 모습에 흐뭇해했던 생각이 났다. 그래도 나처럼 네모진 턱을 가진 아들이 좋았다.

등 뒤에서 나를 부르는 소리가 들렸다. 뒤를 돌아보았으나, 내가 상상했던 사람은 보이지 않았다. 그런데 나를 바라보며 고개를 갸웃거리는 중년, 거울에 비친 나의 외관과는 전혀 다른 사람이었다. 설마 하고 고개를 돌리려는 순간이었다.

"저기~."

나는 그를 유심히 바라보았다. 어디선가 본 듯한 그러나 본 적이 없는 아리송한 얼굴, 그가 나를 아는 체를 했다.

"문자 보내신 분~?"

"야, 니 맞구나, 와 많이 변한 줄 알았는데 옛날 얼굴 아직 남아 있네."

이 무슨 뚱딴지같은 소린가. 전화 목소리와는 전혀 다른 사투리에 나는 심사가 약간 뒤틀렸다. 시골 냄새가 그냥 풀풀 풍기는 시골뜨기가 아닌가. 그런데 그런 자신 있고 얌전한 문자 메시지는 어디서 나온 걸까. 정말 시골에서 막자란 망나니처럼 보여 나는 그와 거리를 두기로 마음먹었다.

"네, 어 그런데……."

"너무 오래대 기억도 엄제?"

기억은커녕 본 적도 없는 얼굴이었다.

"내가 윤식이 동생 복식이 아이가. 모리겠나?"

그렇다면 나보다 나이가 어리다는 건가? 동생은 무슨, 아저씨도 한참 아저씨뻘은 돼 보였다.

"저쪼그로 가자, 아재들이 기다린다 아이가."

길가에 비상등이 깜빡거리는 검은 세단 옆에 머리가 희끗 희끗한 노인 두 분이 보였다. 나이가 들어 살집이 부족한 탓인지, 멀리서 보아도 아래턱이 힘차게 뻗어 있었다.

"제 아버지 함자는 해자 걸자를 쓰시고 저는 평식이라고 합니다."

내가 알고 있는 모든 존경어를 동원해서 최대한 예의를 갖춰 말했다.

"아이구 글체, 쪼맨할 때 보고 첨이제, 자네 아부지 빼다 박았네."

"허 참 행님도, 씨가 어데 갑니꺼."

나는 그 아재들의 대화를 가만히 머리를 조아리며 듣기만 했다.

"이 형님이 자네 아부지 팔촌 동생이고, 자는(저 분은) 내 육촌 동생의 장남이다. 그라이니까…… 자네하고는 열촌이 되네, 맞지요 행님?"

그는 기억해 내는 것이 자신이 없었던지 옆에 계시는 아재에게 동의를 구하고 있었다.

"그라고 나는 자네한테 구촌 아제다. 알겠나?"

나이는 들어 보여도 당당한 노인의 목소리도 목소리지만,

아재라는 한 급 높은 촌수에 나는 기가 살짝 눌렸다. 어쨌든, 구촌 열촌이라니 이 무슨 전설 따라 삼천리인가.

"그마 가자, 늦겠다."

"야, 그라겠심더."

복식이라는 열촌 동생은 운전대를 잡았고, 나는 그의 옆자리인 조수석에 앉았다.

우리가 탄 검은 세단은 신경주역을 떠나 경주 구도심을 가로질러 가는 것 같았다. 어디가 선산인지 궁금하기는 해도 난생처음 선산에 왔다는 것 자체가 불경일 것 같아 감히 어떤 질문도 할 수 없었다.

검은 세단은 어느새 도심을 빠져나가고 있었다. 열촌 동생도 달라진 도로에 익숙하지 않았던지. 교차로가 나올 때마다 영감 아재들에게 질문을 해댔다.

"아제요 이 길이 맞능교?"

"아이고 고마 지나뿟따 아이가. 저 방구(바위)가 있는 산을 끼고 돌아야 되는데."

영감 아제 육촌 형님의 아쉬운 대답에 영감 아제는 기억을 총동원하고 있었다.

"아임더. 방구 산을 지나면 질이 바로 나올 낌더."

"아이다. 돌아가는 기 맞다 카이."

영감탱이들이 무슨 말을 하는지 전혀 알아들을 수가 없었다. 그런데도 열촌 동생은 걱정하지 말라는 듯이 이리저리 잘도 찾아가고 있었다. 자동차전용도로를 빠져나오자 그야말로 시골길이다. 어디가 어디인지 분간하기도 어려웠다. 요즘처럼 내비게이션이 발달해 있는데, 혼란스럽게 길을 찾는다는 게, 우스워 열촌 동생에게 살짝 물었다.

"주소가 없습니까?"

"야, 없심더, 해마다 주소를 외우기는 했는데 금방 까먹어 뿌네요."

"걱정 마이소. 아재들이 잘 암더."

이런 황당한 소리를 지껄이는 열촌 동생을 바라보다가 자신만만하던 문자메시지가 생각났다. 이런 시골뜨기에게서 그런 문자를 보낼 자신은 어디서 나왔는지 알다가도 모를 일이었다. 그는 영감 아재들의 황당한 말을 잘도 이해했고, 산골을 이리저리 무리 없이 찾아가고 있었다.

"여서 차 대라."

"야~아."

열촌 동생은 차를 어느 시골집 대문 앞에 세웠다.

인적 때문인지 집 주인인 듯한 사람이 대문을 열어젖혔다. 나이 지긋한 노인이 얼굴을 내밀었다. 가장 나이 많은 영감 아재는 깍듯이 인사를 하더니 나를 불렀다. 그러고는 소개를 했다. 나는 영문도 모르면서 그냥 고개만 굽실굽실 숙여댔다. 나이 육십에 이게 무슨 꼴이람. 그 노인은 산소에 잘 다녀오라는 말과 산에서 내려올 때 꼭 들리라는 말을 남겼다.

영감 아재의 이야기는 이랬다. 선산 묘답지기라고 했다. 요즘은 그런 게 없어졌지만 칠십 년대까지만 해도 묘사일이 다가오면 저 할아버지가 벌초는 물론 묘사에 지낼 제물까지 준비했다고 했다. 그런데 노인의 아들이 장성하고부터는 아들이 말려서 하지 않는다고 했다. 그즈음 선산 묘답도 어느 영악한 친척이 몰래 팔아치워 지금은 집마다 순서를 정해 준비한 제물로 묘사를 지낸다고 했다.

저 영감 아재들은 왜 이런 수고를 자처하는 것일까. 조상 묘사가 그리도 소중한 것인가? 나는 반문하지 않을 수 없었다. 잘난 놈들은 이미 해 처먹어버렸는데도 이런 노고를 마다치 않고 매달리는지 도무지 이해할 수 없었다.

"저게 모두 우리 묘답이었어."

영감 아재가 손으로 가리키는 곳은 논과 밭이 반반이었고 작은 개울이 길을 따라 흐르는 계곡이었다.

열촌 동생이 영감 아재가 가리키는 곳을 따라 아슬아슬한 논두렁길을 지나니 얕은 골짜기에 있는 저수지 둑이 보였다. 우리가 탄 검은 세단으로 더는 가기 어려워 보여 저수지 둑에 차를 세웠다. 저수지는 저수량을 가득 채운 채 제법 웅장한 자태를 보였다. 영감 아재는 산 능선을 손가락으로 가르치면서 선산 있는 곳을 알려 주었다.

"저 능선에 선산이 있지. 자네에게는 9대 할배가 돼것네."

"아, 네. 그렇습니까."

나는 또다시 다소곳한 자세로 읍소를 했다. 그 9대 할아버지와의 관계의 의미도 알지 못하면서. 단지 조상 할아버지란 단어에 머리를 조아리며 그것도 숙연한 자세로 영감 아재의 말을 경청하지 않을 수 없었다. 열촌 동생은 검은 세단 트렁크를 열어 제물과 제주를 꺼내 등에 메었다. 혼자는 무리가 있어 보여 나누는 게 어떠냐고 제안했으나, 혼자 메겠다고 우기는 것이 가상해 그냥 그러라고 해 버렸다. 나는 빈 몸으로 그 뒤를 따랐다. 구촌 영감 아재는 제초기를 꺼내 등에 메고 앞장서서 걷기 시작했다. 저수지 옆으로 난 길은 억새와 잡초들 그리고 칡넝쿨로 뒤엉켜 작은 산짐승들이나 겨우 지나다닐만했다. 열 촌 동생은 낫으로 길을 만들면서 앞으로 나아가고 그 뒤를 두 분 영감 아재들이 그리고 나는 마지막으로 뒤따랐다.

"아제요, 이 길이 만능교? 작년에 갔던 질이 아잉거 같은데요?"

열촌 동생도 길이 헷갈리는 모양이었다. 내가 보기에도 도대체 길이란 게 보이지 않았다.

"맞다, 쪼메만 더 가면 능선에 질이 보일끼다. 그라머 가분데(가운데) 질로 가면 될끼다."

저수지 끝자락을 지나서 이백 미터는 더 갔을까, 과연 능선을 따라 낙엽이 깔린 작은 오솔길이 보였다.

"야, 맞심더 질이 보임니더."

칠순이 넘은 영감 아재의 기억력에 절로 감탄이 나왔다. 그는 자신의 기억력이 맞을 거란 확신을 하고 있었다. 수십 년을 이 길로 다니면서 그의 아버지 그리고 또 그 아버지의 아버지로부터 익혀왔던 길일 터였다. 그렇다면 왜 이 길을 그렇게 대를 이어 다녔을까. 나는 도저히 이해할 수가 없었다.

나는 어머니가 돌아가셨을 때 화장을 할 것인지 선산으로 모실 것인지 고민을 많이 했다. 신문이나 텔레비전에서는 봉안당이니 수목장이니 하면서 매장의 문제점을 지적하고 나섰다. 결국, 화장으로 결심하고 아버지 묘를 파묘하여 화장을 해 어머니와 같이 봉안당으로 모셨다. 내 부모도 파묘하여 화장했으면서 9대조나 되는 조상 묘사를 지내러 온 나 자신이 한심스럽다는 생각이 들었다.

능선 위에는 묘지인지 아닌지 구분하기 힘들 정도로 잡초들이 우거져 있었다. 벌초도 하지 않은 묘지를 보고 나는 영감 아재에게 물었다.

"어디가 묘진가요?"

"벌초하고 나면 잘 보일 끼다."

그들은 아무 말도 하지 않고 제초기와 낫으로 풀을 제거하기 시작했다. 묘지 형상이 나타나면서 나는 형언할 수 없는 감정의 변화를 느끼기 시작했다. 벌초가 끝난 묘지에는 오래된 상석과 비석이 나타났고 통정대부(通政大夫)로 시작하는 비문이 보였다. 통정대부, 정삼품의 품계가 아닌가. 조상에 대한 의미를 부여하지 않았던 나로서는 막연하나마 뿌듯한 생각이 들었다.

영감 아재는 묘사를 지내기 전에 가장 높은 곳에서 아래를 지긋이 내려 보면서 말씀을 하셨다.

"이 묘가 명당은 명당인 모양이야. 좌청룡 우백호가 뚜렷하지."

그러고는 한참을 뜸을 들이신 영감 아재는 말을 이어갔다.

"아버지가 말씀하셨는데 이 묘지를 쓴 이래 아직 우리 가문에서 큰 인물이 나지 않았제. 흠흠. 언젠가 큰 인물이 날 거라던데……."

마치 유언이라도 하듯이 혼잣말로 중얼거렸다. 나는 귀가 솔깃했다. 언젠가라는 단어는 미래를 말하는 게 아닌가. 나에게도 아들이 있고 그 아들의 아들, 즉 내 손자도 있으니 아직 유치원도 들어가지 않은 손자이긴 해도, 가끔 번쩍이는 지혜를 가진 것도 같다는 생각을 할 만큼 명석해 보이기도 했다. 그렇다면……, 나는 생각에 잠겼다. 혹시 그 영감 아재의 말을 어수룩하게 보이는 열촌 동생이 듣기라도 한 게 아닌가. 나는 그의 위치를 확인해 봤다. 다행히 그는 들을 수 있는 위치를 벗어난 곳에서 잡초를 제거하고 있었다.

낙엽 구르는 소리가 스산하게 묘지를 훑어갔다. 왠지 영

험 있는 조상이 나에게 어떤 현몽이라도 하는 것 같아 나는
숙연한 자세를 취하고 겸손해지려 애썼다.

"그렇다고 봐야겠지요, 동상."

영감 아재의 육촌 형님 영감이 말을 받아내고 있었다. 이
영감 아재도 아들이 있을 것이고 그 아들의 아들도 있을 게
아닌가. 나는 오래 전 선산에서 묘사를 지낼 때 아버지가 했
던 말을 기억했다. '너도 커서 저 할아버지처럼 종삼품 벼슬
을 해야 한다' 는 말씀을.

열촌 동생은 제물을 상석 위에 가지런히 놓고 있었다. 과
일은 홍동백서 포는 서쪽으로 생선은 동쪽으로 영감 아재는
뒷짐을 진 채 열촌 동생에게 조용히 지시하고 있었다. 열촌
동생이 다소곳이 제물을 놓는 손길이 예사롭지가 않았다.
마치 살아있는 부모에게 하듯이 그의 손길은 평화롭고 자연
스러웠다.

"다들 오소 할배에게 인사해야지."

9대 할아버지 묘지 아래에 있던 할머니 묘지를 벌초하던
영감 아재의 육촌 동생 영감을 불렀다. 나는 얼쯤하게 두 손
을 맞잡고 구부정한 자세로 어떻게 해야 할지를 궁리하고
있었다. '제 아버지보다 낫다' 라는 소리를 들어야 하는지

아니면 잘 키운 아들이 되어야 하는지를 여전히 구부정한 자세로 그들의 눈치를 살피고 있었다. 혹시 내가 한 행동이 조상에게 불경해 보여 내 아들 그리고 손자에게 올지도 모를 행운을 날려버리게 될까 봐, 나는 조상에게 최대한 존경심을 가지고 얌전하게 보이려고 애를 썼다.

"자네 자리가 저 끝이네."

영감 아재는 열촌 동생에게 끝에 서라는 지시를 했다. 내가 열촌 동생보다 좀 나아 보이는 것일까? 아니면 내가 염려했던 얌전한 처신이 영감 아재에게 전해지기라도 한 것인가를 열심히 머리를 굴리며 나의 얕은 생각을 합리화하려 했다. 열촌 동생이 마치 당연한 양, 다소곳이 왼쪽 끝으로 가서, 제사 위치를 잡는 게 미안한 생각이 들었다.

"막걸리 한 잔 올려야지?"

"여 있심더."

열촌 동생은 막걸리는 언제 준비했는지 냉큼 술을 따르고 있었다.

"자 인사하세."

영감 아재의 한마디 명령에 우리는 얌전하게 재배를 올리고 퇴주를 묘지 두루두루 뿌려 같이 오신 조상님 친구 분들에도 제물을 나누었다.

"자네는 언제 복직하나?"

영감 아제는 열촌 동생을 바라보면서 말을 던졌다.

"야, 내년 1월부터 출근합니더."

어디를 출근한다는 말인가? 시골에서 농사짓는 것도 출근한다고 하나? 하긴 요즘은 비어나 속어 유행이 더 인기 있기도 하지만, 시골 비닐하우스에 일하러 가는 것도 출근이라고 하는 것은 비약도 심한 비약이 아닌가.

"그라머 감사는 끝난 건가?"

"야, 지가 한 짓이 아닌데 문제될 게 있심니꺼."

"울산지법으로 출근하나?"

"야, 일단 울산지법으로 출근해 봐야 전근지를 알 수 있심더."

"여하튼 잘 됐다."

"야! 고맙심더."

아니 무슨 그럼 열촌 동생이 판검사라도 된다는 말인가. 나는 이 황당한 대화를 들으면서 아연하지 않을 수 없었다.

"그래 맘고생 마이(많이) 했다. 그래 바쁜데도 해마다 빠지지 않고 꼭꼭 참석하니까 마, 조상이 도운 거 아이가."

"아입니더, 지가 머 한 게 있심니꺼."

"아이다, 그래 자네 엄서시머 그동안 조상 묘에 벌초라도 했겠나. 다 자네 덕이지. 그라고 올해는 자네 아들은 와 안 왔노?"

"예 올해 사법시험 일차에 합격하고 이차시험 볼라꼬 준비하고 있심더. 내년에는 꼭 데리고 오께 예."

"그래 잘됐다. 조상이 잘 돌봐 줄끼다."

두 사람의 이야기에 나는 얼굴이 살짝 붉어졌다. 바쁘다고, 모른다고, 시간이 없다는 핑계로 오십 년을 그냥 모른 채 살아왔다. 그렇다고 열촌 동생보다 내가 나은 것도 없다. 결국, 나은 게 없는데도 조상 뵙기를 등한시했으니 부끄럽다는 생각이 들었다.

해마다 찾아와 조상에게 묘사를 지낸다는 게 쉽지만은 않았을 것이다. 그래도 열촌 동생은 한 번도 빼먹지 않고 조상에게 인사를 다녔던 게 아닌가.

조상의 묘가 어디 있는지조차 아들에게 알려주지 않았다. 아니 관심이 없었다는 것이 정확한 표현일 게다. 내 아버지가 했던 것을 나는 내 자식에게 하지 않았다. 9대조 할아버지 아니 그 할아버지의 할아버지가 있었기에 내 아버지가 있었고 내가 있었던 게 아닌가.

비록 시대가 그때의 농경시대와는 달라 조상의 묘를 없앨 수는 있어도 그 뿌리를 송두리째 없앨 수는 없을 것이다. 그리고 열촌 동생은 어수룩한 촌뜨기처럼 세상을 살아왔지만, 뿌러지를 지키려는 그에게 미안한 생각이 들었다.

퍼즐 게임

...게란다른

장문을 열다...

찬바람으로 몸서리친다.

조금 더 열었다. 방충망이 저아를 가린다.

촘촘한 씨줄과 날줄, 마치 퍼즐 게임처럼

한 치 틈도 없이 짜여있다.

창문을 열었다. 아주 조금 열었는데 베란다는 찬바람으로 몸서리친다. 조금 더 열었다. 방충망이 시야를 가린다. 촘촘한 씨줄과 날줄, 마치 퍼즐 게임처럼 한 치 틈도 없이 꽉 짜여있다. 창틀 가장자리에 손톱만 한 구멍이 뚫려있다. 까치발을 해야 겨우 닿을 만한 곳이다. 뚫은 건지 뚫린 건지 날카로운 흔적이다. 장도리라도 던진 걸까. 아침까지도 발견하지 못했는데 누가 그랬을까. 설마……노인의 짓일까.

'둥 두둥 둥둥둥'

북소리가 자지러지게 들렸다. 며칠째 귀를 어지럽히던 소리다. 불빛도 사라진 검은 집, 음험한 침묵, 노인의 앓는 소리, 지난밤에는 뱃머리에 꽂힌 검은색 깃발도 꿈속을 드나들었다. 차라리 아귀의 비아냥거림이었다. 나는 귀를 감쌌다. 그리고 베란다 천정을 올려다보았다. 바지랑대에 매달린 노란색 나일론 끈이 보였다.

"보름이면 됩니다."

노인이 입원했던 요양병원 의사의 말을 생각했다. 보름, 왜 보름일까. 나는 그의 말을 되씹었다. 아무리 의료 지식이 없어도 의사 소견 정도야 알아들을 수 있을 텐데 도무지 이해할 수 없었다. 그렇다고 되묻기에는 부모의 병세조차 가늠하지 못하는 불경한 자식 같아 입을 닫아버렸던 기억이 났다.

스마트폰이 울렸다. 발신인을 확인할 수 없는 낯선 전화번호다. 가게가 어렵다 보니 정황을 확인하려는 전화가 걸려오기도 해 조심스럽게 전화를 받았다.

"천사요양병원인데요, 정찬석 씨 전화 맞는가요?"

조심스럽게 나를 확인하고 있었다.

"그렇습니다만……. 무슨 일이시죠?"

노인이 입원한 요양병원이었다. 노인은 건강이 나빠져 실버타운 생활을 접고 천사요양병원으로 거처를 옮겼다. 실버타운 보증금 회수 문제로 노인이 나를 찾은 후 병원 간호사의 전화는 처음이었다.

"할아버지 건강이 좋지 않아 아드님이 병원으로 방문해 주셔야 할 것 같아서 연락드립니다."

그녀의 친절한 목소리는 보호자 동반을 강요하고 있었다. 노인에 대한 정보가 많지 않은 그들로서는 환자의 건강 상태보다 진료비 회수가 우선이었을 것이다.

"많이 나쁜가요?"

"보호자 분이 병원에 방문하셔서 상의하시는 게 좋을 것 같습니다."

보호자, '보호자' 라는 간호사의 말이 왠지 낯설었다. 노인의 운이 좋았든지, 내가 재수가 없었든지, 어쨌든, 나는 노인의 보호자가 되었다.

노인이 천사요양원으로 거처를 옮긴 뒤로 문득문득 나는 노인이 생각났다. 그러나 보고 싶다거나 애달픈 감정은 결코 아니었다. 의무랄까 뭐 그런 거였는데 그동안 연락이 없어 탈 없이 지내는 걸로 알았다. 보호자가 필요할 정도로 건강이 좋지 않다니 은근히 신경 쓰였다.

내가 천사요양병원에 도착했을 때 노인의 얼굴은 누렇다 못해 퍼렜다.

"급성신부전증입니다."

젊은 의사는 단도직입적으로 말했다.

노인도 의사의 소견을 들었는지, 아니면 통증을 참고 있는지 병원 천장만 뚫어지게 바라보고 있었다.

나는 울컥했다. 노인이 병상에 누워있는 것도 그랬지만, 검사 결과도 알려주지 않고, 그것도 엄청난 병명을 경솔하게 진술해버리는 의사 때문이었다. 그러나 오진일 거라는 막연한 생각만으로 의사의 소견을 반박할 용기까지는 없었다. 그리고 그렇게 해야 할 이유도 없어 말하기를 머뭇거렸다.

"저~ 그래도……."

의사는 내가 무슨 말을 하려는지 알아채기라도 한 듯 노인의 병 증상을 태연하게 설명했다.

"혈액투석을 하지 않으면 목숨을 잃을 수도 있습니다. 다행히 우리 병원에 환자분 혈액형과 일치하는 혈액은 확보하고 있어 응급처치는 했습니다만……."

처방에 따르지 않으면, 당장에라도 위험해질 수 있다는 말투다. 노인이 천사요양병원으로 옮긴 지 시간이 많이 지나긴 했어도, 몇 차례 진료만으로 자신만만하게 소견을 말하는 의사는 어느 병원에서도 본 적이 없었다.

"환자분 혈액형은 AO입니다. 가족 중에 환자와 조건이 맞는 분이 계시면 신장을 이식하는 방법이 있긴 합니다만……."

의사는 말꼬리를 흐리며 나를 훑었다.

나는 무의식중에 양손으로 배꼽을 가렸다. 하마터면 나와 상관없는 사람이라고 의사에게 말할 뻔했다. 얼굴이 화끈거렸지만 구태여 의사에게까지 구질거려야 할 이유가 없어 참아 두었다.

"환자의 신장은 거의 망가져 회복할 수 없습니다. 혈액투석을 받던지, 신장이식수술을 해야 하는데 신장이식은 신장 제공자를 찾아야 합니다. 그리고 환자와 조건도 맞아야 합니다. 가족 중에 많긴 합니다만……, 그렇지 않은 경우도 더러 있어 신장 센터에 신청하고, 신장 제공자가 나타날 때까지 혈액투석은 매달 정기적으로 하셔야 합니다. 그리고 보름이면 됩니다."

의사 목소리는 건조했다.

"혈액 투석은 오염된 혈액을 삼투압 방법으로 체외에서 강제로 혈액을 정화해 몸속으로 되돌려줘 오염된 혈액으로부터 발병을 막을 수 있습니다. 그리고 환자의 경우는 연로하신 데다 당뇨와 혈압까지 높아 합병증이 오히려 더 위험할 수 있습니다."

의사의 논리적인 진술 따위에 나는 관심이 없었다. 어떻게든, 이 상황을 벗어날 것인지만 골똘히 생각했다.

"신장이식을 하지 않으면, 혈액투석을 한 달에 한 번씩 정기적으로 시술해야 합니다."

혈액투석은 매 달 해야 한다고 했다. 그것도 한 번 하는데 네 시간씩 세 차례를 한 달 안에 시술해야 한다고 했다. 이 무슨 우라질……. 그렇지만, 나는 노인의 혈액투석이나 당뇨병 따위에 관심을 가질 만큼 애틋한 마음은 애초부터 없었다.

간호사가 혈관을 찾으려 노인의 왼팔 옷소매를 걷었다. 그의 팔에 도드라진 핏줄에 검은 주사 자국들, 혈관은 이미 만신창이었다.

나는 노인의 오른 팔목을 잡고 주사 맞을 곳을 찾았다. 그런데 그의 맥박이 심하게 요동치고 있었다.

"괜찮다~."

계면쩍게 옷소매를 내리던 노인의 목소리도 떨리고 있었다.

"오른팔로 바꾸셔야 합니다. 왼팔은 주삿바늘 꽂을 데가 없어요."

노인의 맥박 소리는 빠르게 내 가슴으로 전달되고 있었다. 당뇨가 심해진 것일까 당혹스러웠다.

의사는 노인의 혈압을 재더니, 혈액투석이 힘들겠다고 했다.

"차렷!"

육군 장교는 대문을 열자마자 마루 앞에서 놀고 있던 나에게 호령부터 했다. 나는 그를 알아보고 냉큼 오른손바닥을 이마에 붙였다.

"며~얼 공!"

어눌한 목소리로 목청껏 육군 장교를 반겼다. 그리고 볼을 비비며 그에게 안겼다. 외할머니는 육군 장교가 오면 무조건 큰소리로 오른손을 이마에 붙여야 한다고 일러주었다. 나의 이런 행동은 거의 본능에 가까웠다. 그리고 그래야만 그의 아들이 되는 줄 알았고 용돈도 두둑이 받을 거라 믿었다.

육군 장교는 두꺼운 종이로 된 퍼즐 게임을 사 오기도 했는데, 나는 항상 마지막 서너 조각을 맞추지 못했다. 내가 울어버리면 육군 장교는 뒷주머니에서 퍼즐 조각을 슬그머니 꺼내 놓았다. 또 내가 눈물을 미처 훔치기도 전에 나를 가슴에 안고 밝게 웃는 모습을 보면, 외할머니가 예사로 한 말이 아니라는 것을 느낄 수 있었다.

나는 육군 장교에게 안긴 채 어머니를 바라보기도 했는데, 어머니는 나와 육군 장교의 군인 놀이가 마냥 즐겁지 않아 보였다. 내 시선이 어머니와 마주쳤을 때만 겨우 힘겨운 미소로 답했을 뿐이었다. 이를테면 좋다거나 싫다거나 그런 표정은 절대 아니었다.

육군 장교는 언제나 잘 다려진 장교복에 푸른색 색안경을 착용했는데, 색안경 넘어 검고 짙은 눈썹만 볼 수 있어, 그의 눈에 쌍꺼풀이 있는지, 눈이 동그란지, 아니면 마귀처럼 눈초리가 치켜 올라간 건지 알 수 없었다. 단지, 입가 미소만으로 그의 마음을 가늠할 수 있었다. 그리고 그가 돌아가고 나면 외할머니 말씀대로 으레 내 머리맡에는 두둑한 용돈이

놓여 있었다. 이렇게 가끔, 내 기억에 수개월에 한 번쯤 육군 장교를 보았던 것 같다.

내 곁에는 항상 외할머니밖에 없었다. 어머니가 보고 싶어 외할머니를 조를 때면 그때마다 육군 장교가 고기를 많이 잡으면 어머니와 같이 올 거라 했다.

마당 끝에 앉아 바다 끝자락을 바라보며 나는 어머니를 기다렸다. 포구를 향한 우렁찬 뱃고동 소리가 들리기도 전에, 어선들의 돛대에 펄럭이는 오방기-검은색, 흰색, 붉은색, 푸른색, 노란색 깃발-를 먼저 확인할 수 있어 안개만 끼지 않으면, 바람이 불거나 비가 와도 마당 끝에서 포구를 향하는 배를 구분할 수 있었다. 만선(滿船)인지 사고로 중도에 회항을 하는지, 그리고 고깃배가 포구로 들어오기도 전에 선착장에서 나는 어머니를 찾았다. 그러나 그때마다 어머니는 보이지 않았다.

그러던 어느 날, 어머니는 정말 오셨다. 배를 타고 오지 않아서인지 몹시 초췌하고 쓰라려 보였다. 그래도 나는 어머니가 좋았다.

바람이 불었다. 그날 밤 바람은 몹시 거셌다. 그런 날은 포구 사람들도 바닷가에 얼씬도 하지 않는다. 그런데 어머니는 가슴이 답답하다는 말을 남기고 바닷가로 나갔다. 다음 날 아침, 여인의 신발 두 짝이 포구 끝자락 바닷가에서 발견되었다. 그리고 시신은 한참이나 떨어진 이웃 갯가에서 발견됐다.

며칠 뒤, 마을 갯가에서 친구들과 놀고 있는데, 외할머니는 마치 무엇엔가 쫓기듯 나를 찾았다. 나는 영문도 모른 채 외할머니가 이끄는 대로 따라간 곳은 병원 영안실이었다. 정면에는 희미하게 웃고 있는 어머니의 큼지막한 사진이 걸려 있었다. 사진 양쪽에는 검은 리본이 묶여있었고, 하얀 국화는 화병에 꽂혀 사진 양옆으로 가지런히 장식되어 있었다.

외할머니는 나에게 무명 상복을 입히고 사진 앞에 큰절을 시켰다. 이게 내가 본 어머니의 마지막 모습이었다.

이른 봄 바닷가는 나에게 슬픔이었다. 추위를 아랑곳하지 않고 바위에 몸을 웅크려 깃을 털던 물새들도 견디기 어려웠을 바닷가, 시리도록 붉은 노을이 가라앉는 바닷가를 서성거렸다. 이후, 바람이 불고 날씨가 추우면 나는 바닷가를 배회하는 버릇이 생겼다.

고등학교 입학서류 때문에 면사무소에서 주민등록등본을 발급받았다. 그런데 그곳에는 어머니 이름은 없었다. 당황했다. 분명 어머니 이름은 박수자라고 외할머니가 알려주셨는데 박수자라는 어머니 이름은 없었다. 그리고 나는 외할머니가 잘못 알려줬을 거라고 생각했다.

대학교 합격통지서를 받았다. 그러나 등록금이 걱정됐다. 외할머니의 수입은 갯가에서 잡아오는 바지락을 시장에 내다 파는 게 전부였다. 나는 고민했다. 대학 진학을 할 것인지 포기할 것인지. 결국, 나는 외할머니에게 대학 합격소식을 말하지 않았다.

갯가를 걸었다. 안개 바람이 진득하게 불어왔다. 안섬 포구는 뱃고동 소리도, 어부들의 소란도, 수평선마저 함몰시켰다. 찬바람이 몹시 불던 날 외할머니마저 나를 버렸다. 그리고 나는 혼자가 되었다.

나는 교회에서 결혼했다. 같은 교회에 다니던 동기생 여자아이였다. 가난했던 나를 동정했다나, 뭐 그런 이유로 나와 결혼을 결심했다고 했다. 그녀가 결혼 전에 어떤 생각을 했든 나와 상관없는 일이었지만, 그러나 나는 혼자라는 게 싫어서 그녀와 결혼했다.

결혼식 날 정장을 한 군인 장교를 보았다. 식장도 들어오지 못한 채 축하객 속의 그의 멋쩍은 표정을, 육군 장교와는 그때가 마지막이었다.

나는 아내와 어린 딸 혜령을 안고 안섬 포구를 떠났다. 영원히 돌아오지 않을 거라는 다짐을 하면서.

노인의 생명이 위험하다는 의사의 소견을 깡그리 무시할 수 없었다. 생명이 경각(頃刻)이라면, 신장이식은 차치하더라도 혈액투석만은 반드시 시술해야 한다. 몇 달이 될지 몇 년이 걸릴지 알 수 없는 일이어도 협박 같은 의사의 눈길을 외면하기에 싫든 좋든 나는 이미 노인의 보호자였다.

투석을 시작했다. 노인은 통증이 덜한지 숨을 고르게 쉬었다. 한 번의 투석으로도 노인을 편하게 하는 것은 확실했다.

노인의 혈액 투석 한 번에 수만 원이 필요하다. 한 달에 세 번이면 십 수만 원. 일 년이면 수백만 원이 들어갈지도 모른다. 그렇다고 아내에게 의논할 수도 없다.

아내에게 행선지를 알려야 할 시간이다. 친구 어머니 장례식이라든지 자식들 결혼이라든지, 다행히 약속이라도 있으면 핑계라도 댈 수 있지만, 늦은 밤이다. 내가 굳이 행선지를 말하지 않아도 아내는 알게 되겠지만, 지금은 변명이라도 하는 게 옳은 일이란 생각이 들었다. 그렇지 않으면 아내가 무슨 말로 내 감정을 건드릴지 그리고 참아낼 수 있을지 나도 모를 일이다.

경기가 어렵다. 내가 운영하는 가게도 경기를 피해가기는 쉽지 않았다. 가게라야 생선 조림이나 매운탕을 파는 음식점이지만, 손님의 발길이 점점 줄어들고 있어 가게 운영이 쉽지 않았다. 노인이 천사요양병원으로 거처를 옮겼을 때만해도 그런대로 유지되었는데 몇 개월 만에 더 어려워져 아내는 민감해져 있다.

[어디 계셔?]

노골적인 불평이 함축된 아내의 문자메시지다. 연락할 타임을 놓쳐버렸다. 조금 전까지 조용히 혈액투석을 받던 노인의 호흡이 갑자기 거칠어져, 간호사실에 급히 연락하느라 아내에게 문자 보내는 것을 잊어버렸다.

[성남에 있는 정대 어머님 장례식장, 늦을 것 같은데]

쉽게 뱉어내는 거짓말, 문자메시지의 편리함이다.

[누구?]

머리가 하얘졌다. 정대 어머니는 몇 달 전에 돌아가셨는데.

[지금, 정대 어머니ㅠㅠ]

[첨 듣는 이름인데?]

[초등학교 동창]

[???]

[있어ㅠㅠ]

거짓말도 하면 는다. 내 거짓말도 진화했다. 고등학교, 중학교, 어떤 때는 초등학교까지 이름도 각양각색이다. 흔하디흔한 이름은 죄다 갖다 붙이지만 아내는 내 문자메시지를 믿지 않을 것이다.

노인을 집으로 모시자고 한 뒤부터 아내는 나를 의심하기 시작했다. 그 당시, 아내는 한마디로 거절했다. 나이 들어 무슨 시집살이냐고 그것도 시아버지 시집살이를. 그리고 당신에게 아버지 노릇을 한 것도 아닌데 새삼스럽게 무슨 소리냐고. 물론 아내의 말은 틀리지 않았다. 그렇지만, 나는 아내가 어느 정도 타협을 해 올 줄 알았다.

아내는 노인이 실버타운으로 들어간 것을 몹시 서운해 했

다. 노인이 퇴직할 때 내가 운영하던 가게가 어려웠다. 아내
는 노인이 퇴직금으로 도와주기를 은근히 바랐다. 어려울
때 한 번 도와줬으면 하는 그녀의 아쉬움을 내가 모를 리 없
었다. 그러나 노인은 그의 뜻대로 실버타운으로 결정하고
말았다. 그 후, 아내는 노인에 대한 서운함을 나에게 말하기
도 했다.

가끔씩 노인은 아내를 찾았다.
"해령 에미 언제 오나?"
그의 건강상태가 좋을 때는 아직 군인 냄새를 풀풀 풍긴
다.
"일이 바쁜 모양이네요……."
최근 들어 무슨 영문인지 아내를 찾았다. 아내에게 노인
이 찾으니 천사요양병원에 한 번 들리는 게 어떠냐고 말한
적이 있었다. 그러나 아내의 눈빛은 싸늘했다. 그 후로 노인
이 아내를 찾으면 나는 적당히 거짓말을 해버리고 말았다.
그런다고 노인이 확인할 것도 아니고.
노인은 아내를 한 번도 본 적이 없었다. 그가 아내를 기억
한다면 오래전, 결혼식장 축하객 속에서 본 게 전부일 텐데,

그때 기억으로 아내를 만난다고 한들 무슨 의미가 있을까. 그렇지만, 나는 아내가 한 번쯤 노인의 병문안을 왔으면 하는 게 바람이기는 했다.

노인은 육군 대령으로 예편했다. 노인이 예편하기 전, 어떻게 연락처를 알았는지 나에게 전화를 했다. 육군 장교의 전화, 긴장되고 홍분되었다. 그리고 만날 것인지를 나는 고민했다.

멋쩍은 만남, 나는 마룻바닥을 노인은 천장을 우리는 한참을 그렇게 헤매고 있었다. 그리고 한마디.

"잘 지냈나?"

"……, 네."

노인은 실버타운을 알아보고 있다고 했다. 나는 아무 말도 하지 않았다. 그리고 헤어졌다.

나는 노인의 부양(扶養)을 생각해 본 적이 없었다. 그도 원하지 않았다. 그게 서로에게 편했으니까. 어렸을 때 몇 번본 게 전부라 아버지라 부르기도 서먹했다. 보고 싶었고 불러보고 싶었던 아버지였지만, 내 가슴속에 가두어둔 많은 것을 털어버릴 수가 없었다.

노인은 내 친아버지가 아닐지도 모른다는 생각을 했다.

친자확인 검사(DNA 검사)를 해본 것도 아니고. 외할머니 말만으로 노인을 아버지라고 믿었던 것도 지금 생각하면 황당한 일이다. 비록 원하지 않은 자식이라 할지라도, 자식을 평생 팽개쳐버리는 부모를 본 적이 없어 더욱 그랬다.

그리고 나에게 아버지가 필요했을 때 노인은 한 번도 아버지가 아니었고, 초등학교 선생님이 부모님을 찾았을 때도 아버지는 없었다. 항상 외할머니가 대신했다. 외할머니는 나에게 어머니였고 아버지였다. 그리고 어머니를 돌아가시게 한, 그 원인이 뭐가 됐던 노인이 내 어머니를 돌아가시게 했을 거라는 확신도 있었다.

노인이 내 아버지라는 근거는 가족부 기록뿐이다. 그것만으로 아버지라 단정 짓는다는 게 억울했다.

노인은 은퇴하자마자 이혼을 당했다고 했다. 그가 현역시절 저지른 여자 편력 때문일 거라는 짐작은 갔다. 내 어머니도 그중 한 여자였겠지만. 노인의 아내는 여성편력이 심했던 그에게 복수하고 싶었을 것이다.

노인은 퇴직연금을 제외한 모든 재산을 노인의 아내에게 위자료로 줬다고 했다. 그러나 그의 운이 좋았던 것인지 그 아내의 최소한 배려였는지는 알 수 없어도, 어쨌든, 노인은 퇴직연금만은 챙겼다고 했다. 그리고 노인은 딸이 하나 있었는데 그의 아내는 딸과 같이 미국에서 산다고 했다.

나는 가끔 노인의 실버타운을 찾았다. 그렇다고 노인이 보고 싶다거나 궁금해서는 결코 아니었다. 온전히 가족부에 등재된 자식의 의무였다.

내가 실버타운에 들렀을 때만 해도 노인은 건강해 보였다. 오히려 윤 씨 할머니를 사이에 두고 김 씨 노인과의 사랑 타령을 일러바치기도 했는데, 이를테면 윤 씨 할머니가 김 씨 노인보다 노인을 더 좋아해, 김 씨 노인이 질투한다는 게 노인이 김 씨 노인을 싫어하는 이유라고 말하기도 했다. 사실, 노인의 절도 있는 말솜씨와 어울리게 각진 외모는—노인의 얼굴에 주름살이 많긴 했지만—오랫동안 군대생활에서 터득한 절도 있는 품위는 할머니들의 관심을 받을 만했다.

"지난번 혈액투석 후 다른 문제는 없었습니까?"

의사의 건조한 질문이다.

"네, 별일은 없었습니다만……."

사실, 그 날 저녁 노인은 밤새 앓았다. 투석 후유증 때문이었는지 노인은 밤새 힘들어 했다. 적어도 내 생각에는 노인의 심리적인 문제가 더 컸을 거라는 생각이 들었다. 버리다시피 한 혼외 자식에게 지금에야 병간호를 받는다는 게 노인도 그다지 편했을 리는 없었다.

세상 모든 부모가 자식을 잘 키울 수 있는 것은 아니다. 그들이라고 자식들을 잘 먹이고 남들보다 더 교육하고 싶지 않았겠는가. 아무리 혼외 자식이라 하더라도 노인에게 그만한 사정이 있지 않았을까.

아내에게 노인의 문제를 열심히 설명하면서도 나에게는 애당초 아버지가 없었다는 사실을 잊고 있었다. 그래도 부모는 부모이기 때문이라는 말로 아내를 설득하려는 내가 오히려 바보 같았다.

아내는 내 설득을 받아들이지 않았다. 하기는 자식을 낳기만 하고 내팽개쳐버린 사람을 부모라고, 아니 아버지라고 부른다는 게 나도 쉽지 않은데 아내를 설득한다는 것은 처음부터 어리석은 짓이었다. 그러나 아내의 입장을 충분히 이해한다 해도 노인을 팽개쳐버릴 준비가 아직 나는 되지 않았다.

노인의 병간호가 즐거워서 하는 짓은 아니다. 도대체 내가 왜 노인 병간호를 하는지 질문해 볼 때가 있는데, 확실한 이유를 찾을 수가 없었다. 왜냐하면, 노인은 부인도 있고 정까지 주며 키워온 딸도 있는데, 왜 내가, 나야말로 노인과는 한 번도 같이 살아본 적도 없었고, 목욕 한 번 같이 가본 적도 없었다. 그리고 노인을 아버지라고 불러본 적도 없는데, 이제 와서 아버지라니 그것도 쉰이 넘은 나이에.

가게는 엉망이 되었다. 거의 육 개월을 내버려 뒀으니 그럴만했다. 그동안 아내가 운영한 결과라 무어라 말할 수도 없었다.

아내는 이혼을 요구했다.

"당신이 노인을 돌보는 한 우리 결혼은 의미가 없어."

아내는 단호했다. 새벽 어시장에서 생선을 구해야 하고, 청과시장에서는 채소를 사야 하는 고된 일을 아내 혼자 꾸려간다는 게 당연히 힘들었을 것이다.

"그렇다고 노인을 어떻게 그냥 둬?"

아내가 야속한 말을 해도 대응할 방법이 나에게는 없었다.

노인의 천사요양병원 보증금도 두어 달이면 끝난다. 그리고 천사요양병원 계약만료가 됐다는 우편물이 배달된 사실을 아내도 알고 있었다. 그렇게 되면 병원비는 오롯이 내 몫이 된다.

혈액 투석기 펌프 돌아가는 소리가 거칠게 들려왔다. 병세가 더 악화하는 것일까. 지난번 투석 때보다 불편해 보인다. 노인의 동공이 천정에 머물러 숨소리조차 가늠하기 어렵다. 그의 눈가에 그렁한 눈물이 금방이라도 미끄러질 듯 아슬아슬하다. 볼 낯이 없다는 뜻일까, 아니면 신세 한탄이라도 하는 것일까. 그런 노인의 모습이 나는 오히려 가증스러워 보였다.

하지만, 신장이식을 하지 않으면 절대 오래 살 수 없다는, 그리고 딱하다는 듯 나를 바라보았던 의사의 표정을 마음에서 지울 수가 없었다. 신장이식을 하기 전에는 절대 오래 살 수 없다는 그 표정을.

어릴 적 아름다웠던 기억을 더듬었다. 내가 퍼즐 조각을 맞추지 못해 울어버리면, 육군 장교는 슬그머니 뒷주머니에서 꺼내주었던 몇 개의 퍼즐 조각들, 나를 껴안고 퍼즐 게임을 완성해주었던 그리고 우는 나를 가슴에 꼭 껴안아 주었던 육군 장교와의 기억들이 아름다웠다고 할 수 있을까?

"언제까지 투석하실 겁니까?"

의사는 딱하다는 듯 나를 바라보았다.

투석 후에 잠깐 좋아졌다가 금방 거칠어지는 호흡, 노인의 병세는 호전될 기미가 보이지 않았다. 의사의 말로는 오늘내일할 수도 있지만, 꾸준한 투석을 하면 일이 년도 너끈히 넘길 수 있다고 했다.

투석을 해야만 살아있는 사람, 투석 후에만 번득이듯 잠깐 살아나는 사람, 누군가가 대소변을 받아내야 할 수도 있는, 본인의 의지대로 아무것도 할 수 없다면 차라리 노인은 죽는 편이 낫지 않을까……. 힘겹게 숨만 쉬는 노인을 볼 때마다 나도 모르게 스치는 무서운 생각에 시달렸다.

두런거리는 말소리에 나는 병실 문 앞에서 멈췄다. 실버타운에서 함께 지내던 윤 씨 할머니 목소리였다. 내가 노인의 실버타운에 간혹 들렀을 때, 유난히 관심을 보였던 할머니였다. 옅은 분홍색 투피스 정장에 모자까지 쓴 한껏 멋을 낸 모습이었다.

"건강은 어떻습니까?"

노인이 무어라 대답을 하는 것 같았는데 정확하게 들리지 않았다.

"아들은 자주 옵니까?"

"예, 지금 밖에 잠깐 나갔어요."

노인의 희미한 목소리와 윤 씨 할머니의 또렷한 말투가 병실 밖까지 들려왔다.

"내가 아들놈에게는 죄를 많이 지었지요."

노인의 목소리는 가라앉아 거의 울먹거리고 있었다.

"아들놈 결혼식장에도 들어가지 못했는데, 아비로서 무슨 면목이 있겠습니까."

결혼식장 축하객 속에서 초라하게 나를 바라보던 노인이 기억났다.

"제 어미가 죽었을 때도 내가 모른척했어요……. 마누라가 워낙 투기가 많아 내가 아들놈 모자를 제대로 돌보지 못했거든요. 이제 죽으면 제 어미에게 잘못했다고……, 사죄해야지요. 그런다고 지은 죄가 없어지는 것은 아니겠지만……."

노인은 가슴속에 묻어두었던 지난 일들을 누군가에게 토설하고 싶었을 것이다.

"……."

노인의 말소리가 흐릿해지고 있었다.

"저도 혈액형이 A형인데. 제가 검사 한 번 받아볼까요?"

"아서요, 윤 여사가 왜요. 신경 쓰실 필요 없습니다. 이대로 아들 손에서 편안하게 잠들면 이제 더는 소원 없습니다."

노인은 손사래를 쳤다.

노인의 한 마디에 자신의 신장을 아무 거리낌 없이 떼어 주겠다는 윤 씨 할머니, 나는 가슴이 퍽퍽해 더는 들을 수가 없었다.

이것저것 구걸해서 살아갈 바에는 차라리 노인은 죽는 편이 나을지도 모른다. 살아 있어도 아무것도 할 수 없는, 어쩌면 노인은 스스로 해결할 수 없는 일을 나에게 강요하는 것은 아닐까.

뿌연 콧김이 노인의 호흡기를 채웠다 빠지기를 반복하고 있었다. 숨이 끊어질 듯 꾸르륵거리는 절박한 호흡, 잠시만 눈을 떼면 금시라도 멎어버릴 것 같은 숨소리, 거칠게 숨을 쉴 때마다 노인의 숨통을 조이는 착각에 나는 빠지기도 했다.

노인이 마지막 투석을 시작할 때 세상이 노인을 필요로 하지 않는다는 생각을 나는 했다. 병상에 누워 혈액투석만

받는, 그리고 투석이 끝나도 달라지지 않는 마냥 침대에 누워 타인의 힘을 빌려야만 하는 노인이 세상에 남아있을 이유를 나는 찾을 수가 없었다.

그러나 노인이 나에게 어떻게 했던, 나는 그로 인해 세상에 태어났고 그로 인해 힘들게 살았다. 그리고 지금도 그로 인해 힘들다. 그 세월이 오십 년이 넘었다. 더 무엇을 기대하는가. 내가 어릴 적 그리워했든 아니든 그는 내 인생에 관여했다. 그의 관심으로 아니 아주 작은 관심으로 내가 여기에 있다는 것도 틀림없는 사실이다. 노인 때문에 힘들 때도 있었고 노인이 나를 찾아주어 행복했던 때도 가끔은 있었다.

'아버지…….' 나는 가슴으로 아버지를 불렀다.

난생처음 불러보는 아버지, 마음이 통했을까. 노인의 이마 주름살이 잠시 일그러졌다. 그러나 나는 노인을 용서할 수가 없었다. 무섭도록 길었던 시간 동안 혼자였는데. 나는 아랫배를 만지작거렸다.

병실은 적막하다. 누구도 범접하지 않는 공간 우주의 적막함이다. 둥둥둥 북소리가 들려왔다. 어릴 적 외할머니와 살았던 안섬 포구에서 들려오는 소리, 마치 어머니가 나를 부르는 것 같았다. 그 소리에 맞춰 노인의 숨소리는 거칠어지기도 잠잠해지기도 했다.

통장 잔액을 확인했다. 아내 몰래 챙겨두었던 통장이었다. 내 모든 재산이다. 한번 투석에 드는 비용이 오 만 원 투석액을 포함한 금액이다. 한 달에 세 번이면 십오 만 원이다. 일 년이면 노인의 투석으로만 온전히 백오십 만 원이 필요하다. 요행히 그때까지 노인이 숨을 쉴 수 있다면 몇 개월은 버틸 수 있다. 그리고 그다음은 오로지 노인이 선택해야 할 일이다.

인터넷을 뒤져 안섬 포구 근처 아파트 월세를 찾았다. 겨울이라서인지 월세는 쉽게 계약할 수 있었다. 그리고 삼 개월만 임대하겠다고 했다. 주인은 꼭 삼 개월이라고 못 박은 계약서를 제시했다. 봄이 오면 관광객이 몰려오는 계절이라 월세를 올려 받아야 한다는 그의 주장에 나는 석 달 치 임대료 구십 만 원을 아파트 주인 통장으로 송금했다.

이혼서류를 거실 탁자 위에 올려놓았다. 이혼서류에는 내 모든 재산을 아내에게 위임한다는 위임장도 첨부했다. 아내에게 자유를 주고 싶었다.

짐을 챙겼다. 짐이라야 내의 서너 벌과 찬바람을 막을 수 있는 외투 한 벌이면 충분했다. 노인의 옷가지와 병원에서 처방해준 약을 챙기고 노인에게 옷을 입혔다. 숨을 몰아쉬는 노인의 눈초리가 가늘게 떨리고 있었다.

외할머니와 내가 살았던 안섬 포구를 노인이 기억할지 모르지만……. 그리고 그가 오래전에 근무했던 바닷가, 아니 그의 두 번째 아내가 살았던, 그녀가 차가운 겨울 바다에서 일생을 마감했던 곳, 그곳에서 내 어머니를 추억시키고 싶었다.

파도 소리가 들렸다. 노인의 눈이 반짝 빛났다. 숨소리도 조용했다. 무엇을 기억하려는지 이마 주름이 실룩거렸다. 나는 노인이 바다를 바라볼 수 있게 휠체어 방향을 돌려주었다. 얼굴에 가벼운 경련이 일어났다. 팔순을 넘긴 노인의 피부라고 믿어지지 않을 만큼 뽀얗다. 군대생활을 오래 한 노인의 피부는 검었는데 혈액투석을 해서일까. 투석하기 전에 비하면 몰라보게 좋아졌다.

무슨 기억을 되살리는지 노인의 눈빛이 총총해지고 있었다. 그 기억 속에 어머니와 내가 있었으면 했다. 오래전 나와 어머니를.

지갑을 뒤져 손끝에 집히는 지폐 모두를 손바닥 위에 올려놓았다. 만 원짜리 일곱 장, 오천 원짜리가 세 장, 천 원짜리가 열다섯 장, 노인의 침구 옆에 그 돈을 가지런히 놓아두었다. 내가 노인을 위해 할 수 있는 일은 여기까지였다. 그리고 나는 바지랑대에 매달린 나일론 끈의 매듭을 마무리했다.

나는 퍼즐 게임을 한 번도 성공해 본 적이 없었다. 그러나 이번만은 꼭 성공하고 싶었다. 혹여 어릴 때처럼 실패한다 하더라도 그 마지막 해답을 노인은 찾을 수 있을 거라 믿었다. 노인의 뒷주머니에 숨겨 놓았던 퍼즐 조각을 꺼냈던 것처럼.

구멍 뚫린 방충망을 열어젖혔다. 그리고 나는 창밖을 내려다보았다. 아파트 정원수가 눈앞으로 다가왔다. 추위에 떨었는지 가지가 앙상하다. 노인은 생각에 잠긴 듯 멀리 수평선을 바라보고 있었다. 그러나 무슨 생각을 하든지 나와 상관없는 일이다. 다만 노인이 내 어머니를 생각했으면 했다.

나는 의자에 올라 나일론 끈을 목에 걸었다. 지난 일들이 겨울 바다 안개처럼 몰려들었다. 숨이 목구멍까지 차올랐다. 어머니의 희미한 미소, 차디찬 방바닥에 뉘인 외할머니 주검, 그 옆에서 한없이 울다 지쳐버린 어린아이, 결혼식장에 나타났던 노인의 씁쓸한 표정까지, 그리고 아내의 화난 얼굴도 더는 생각하기 싫었다. 그리고 나는 의자를 발로 밀었다.

그런데 베란다 바닥으로 떨어지고 말았다. 부러진 바지랑대는 천장에 매달려 흔들거렸고, 먼지가 쏟아져 내렸다. 온몸이 부서질 것 같은 통증이 몰려왔다. 나는 화가 났다. 베란다 난간 위로 몸을 던졌다. 그러나 몸뚱이가 움직이지 않았다. 뒤를 돌아보았다. 노인이 내 발목을 부여잡고 부들거리고 있었다.

"찬석아! 아이고, 혜령 애비야!"

노인의 팔에는 붉은 선혈이 낭자했다.

눈물이 났다. 나는 노인을 끌어안았다. 그리고 한참을 울었다. 한인지 원망인지 알 수 없는 눈물을 흐리며.

"아버지……!"

아버지도 눈물을 끊임없이 흘리고 있었다.

나는 천사요양병원 의사에게 전화를 했다.

"선생님, 지금 병원에 가면 혈액 검사받을 수 있어요?"

"예 그럼요, 오세요, 준비해 놓겠습니다. 보름이면 됩니다.

나는 의사가 말했던 보름이라는 날짜를 기억해 냈다.

"신장이식을 위한 사전 검사와 수술, 그리고 회복 기간을 합쳐 걸리는 기간이 보름이면 충분합니다."

의사의 밝은 목소리가 스마트폰을 울렸다.

아 예, 보름, 나는 혼자 중얼거렸다.

아버지는 봉투 하나를 나에게 내밀었다. 수술 들어가기 전에 꼭 아내에게 전해주라는 말까지 덧붙이면서.

스콜을 기다리며

서둘러 출발했던 탓일까. 땀이 등골을 헤집었다. 지금쯤이면 스콜이라도 쏟아질 만한데 하늘은 두어 달이나 변죽만 울리고 있다. 체온을 웃도는 온도, 40℃. 살아 있는 어떤 생명체도 산화시킬 듯 살인적인 열기를 뿜어낸다.

처음 베트남에 왔을 때도 그랬다. 그때는 돈을 벌어야 한다는 생각뿐이어서 무더운 날씨도 아랑곳하지 않았다. 어쩌다 안개비라도 내리면 캠프 출입문 앞에 웅크린 채 햇빛 나기만을 기다렸다.

"젠장 덥기는!"

캠프 출입문을 바라보았다. 이 현장에 처음 왔을 때 선명했던 하늘색 철문이 붉은 녹물로 덧입혀졌다. 삼 년, 그러니까 정확하게는 삼십오 개월. 부족한 돈을 채우기 위해 마지막으로 선택했던 현장이었다. 조금이라도 일당이 많으면 위험한 일도 마다하지 않았다. 돌이켜보면 지난 칠 년보다 훨씬 힘겹고 지루했던 현장이었다.

캠프를 출발할 때부터 밀리던 차들은 여전히 더디게 움직였다. 냉기가 땀구멍을 수축시키는지 등이 근질거렸다. 룸미러를 보았다. 휑한 눈, 땀에 젖어 헝클어진 머리카락과 얼자란 수염, 십 년을 에둘러온 동물원의 늙은 원숭이가 따로 없었다. 조수석에 놓인 가방에 삐죽 나온 서류봉투가 눈에 들어왔다. 가슴이 덜컹했다. 어제 오후 여행사로부터 받은 거였다. 급하게 집어넣느라 지퍼 잠그는 것을 깜빡했던 모양이었다. 하마터면 낭패를 볼 수 있었다는 생각이 들자 등골에 진땀이 흘렀다.

차창 너머 할롱 만의 에메랄드빛 바닷물이 오후 햇살을 토해내고 있었다. 숨이 막힐 듯이 찬란하다. 수많은 석회암 섬들이 태풍을 피해 항구에 정박한 돛단배처럼 수평선에 떠 있었다. 바람이 잦아들면 언제든 떠날 준비가 되어 있다는 듯 돛을 펄럭이고 있었다. K는 이번 공사가 끝나기 전에 기앙과 이곳으로 여행계획을 했는데, 3년이 다되도록 실천에 옮기지 못했다.

K가 근무하는 공사현장은 승용차로 여섯 시간은 족히 걸렸다. 중국 국경을 마주 보는 지역이라 도로 사정이 나쁜 탓도 있지만, 주말에는 국경으로 오가는 수출입품을 실은 트럭과 승용차들이 도로를 가득 메워 정류장을 방불케 해, 한 달에 두 번이나 장시간 운전한다는 것은 그리 쉬운 일은 아니었다. 이 짓도 이번 달 임금을 받으면 마지막이어서, 두어 달 전에 다른 공사현장 몇 군데에 이력서를 제출해 두었다. 국경 근처 현장일수록 보수는 높아도 집 가까이에 있는 현장을 찾아보자는 게 기앙의 의견이었다. 그 중 L전자회사가 하이퐁이어서 그 회사에 합격했으면 좋겠다는 생각을 해보았다.

제법 자란 야자수 나무가 시야에 들어왔다. 8년 전, 이 집으로 이사하면서 어린 나무를 심었는데 지금은 집을 찾는 이정표 노릇을 톡톡히 하고 있었다. 처음 이사를 왔을 때는 집 찾기가 어려웠다. 도심의 호텔이나 리조트만 같아도 쉽게 분별을 할 수 있을 텐데, 도로에 줄지은 성냥갑 같은 주택들과 비슷한 모양의 야자수는 이곳 지리에 익숙지 않은 외국인들을 혼란스럽게 했다.

K는 좁은 비포장도로로 승용차를 진입시켰다. 먼지가 회오리를 일으켰다. 비포장도로라고 주행 속도를 줄이면 여지없이 덤벼드는 먼지, 비가 오기 전까지는 이 먼지들은 떴다 가라앉기를 반복하며 시야를 흐리게 할 것이다. 이럴 때 스콜이라도 쏟아지면 답답한 마음이나마 후련해 질 것 같았다.

대문 앞에 기앙이 보였다. 언제쯤 도착할 거란 메시지를 남겼어도 대문 앞에 서 있는 그녀를 보자 짜증이 났다. 집 안에서 기다려도 될 텐데 굳이 대문까지 나온 이유를 알 수 없었다. 중년여인의 욕정 때문에 기다려지는 것일까. 아니면 언제든지 도망갈 수 있는 동거남을 못 믿어서일까.

"왜 나와 있어?"

지나가는 바람처럼 말을 던졌다. 엷은 미소가 기앙의 입가를 훑었다. 사실 그녀가 어디에 있든 K의 관심사는 아니었다. 차라리 보이지 않으면 궁금하기라도 할 텐데.

"아바."

주차하는 소리를 들었는지 현관문을 열고 휴이가 얼굴을

내밀었다. '아빠'라고 수없이 연습을 시켰는데도 휴이의 한국말은 여태까지 어눌하다. 팔여 년을 같이 살았다. 이제 한국말을 잘할 때도 되었건만, 휴이의 한국어는 아직 제자리였다.

"아들, 뭐했어?"

"고부하고……."(공부)

휴이는 말꼬리를 흐렸다. 완전하지 못한 한국말이 부담스러웠을 터였다.

"아들 한국말 잘하네!"

보우 탄 휴이, 휴이는 기앙의 성을 따랐다. 기앙 아버지의 도움으로 지난해 집 근처 초등학교에 입학했다. 휴이를 임신했을 때만 해도, K는 호적에 입적할 거라 기앙과 약속했지만, 휴이를 낳은 뒤 입적을 고민하게 되었다. 딸아이들 몰래 호적에 올리는 것은 문제가 되지 않았다. 그런데 딸아이들을 보살피는 장모님의 실망하는 모습을 마주볼 자신이 없어, 차일피일 미루다 기회를 놓치고 말았다.

K는 기앙의 부모와 그녀의 형제자매와도 정식으로 인사하지 않았다. 그녀에게는 무책임한 일이었지만 지금 생각하면 다행한 일이었다. 그렇지만 단정한 머리에 검은 베레모

를 눈썹 아래까지 눌러쓴 한국의 아들, 한국말을 유창하게 구사하는 멋진 휴이를 상상하면 가슴이 아렸다.

[카톡]

스마트폰 화면을 옆으로 밀었다. 수빈이다.

[아빠 뭐해?]

[일 하지ㅠㅠ, 우리 딸은 뭣혀?]

눈치를 챈 것일까? 저녁 준비를 하던 기양이 안방으로 들어가는 게 보였다.

[최종시험에 합격했어]

가슴이 울컥했다. 수빈과 유빈을 만난 지도 한참 되었다. 혹시라도 얼굴 잊어버릴까봐 카톡에 저장된 사진을 보고 또봐도 하루가 다르게 변해가는 딸들의 모습을 담아 둔다는 게 쉽지 않았다.

[와우! 정말? 우리 딸 장하다]

[아빠 이제 내가 모실게ㅠㅠ]

수빈이가 행정고시를 준비한다던 게 몇 년 전이었다. 건강하게 자라준 것만도 고마운데 어렵다던 행정고시까지 합격했다니, 기뻐해야 할 일인데도 K는 오히려 혼란스러웠다.

[우리 딸 추카추카]

[아빠 고마버ㅠㅠ]

십 수 년을 떨어져 살다 보니 딸아이들이 어떻게 살았는지 솔직히 모른다. 한 달에 한 번씩 부쳐주는 생활비와 등록금, 그것도 은행에서 자동으로 이체된다. 그리고 일 년에 한두 번 비자 연장을 위해 귀국하더라도 소리 소문 없이 돌아왔다. 딸아이들이 문득문득 생각날 때는 견딜 수 없을 만큼 힘들어도, 잠깐이면 현실로 돌아오는 자신이 밉도록 싫은 적이 한 두 번이 아니었다. 그러나 눈에 보이지 않으면 마음도 멀어진다고 하지 않던가.

[아빠 일해야 해, 좀 있다 ㅎㅎㅎ]

[알써, 아빠 ♡♡♡]

스마트폰만 만지작거리는 아빠가 낯설었는지 휘이는 식탁 언저리에서 멀뚱거리고 있었다.

"엠덴 응오이." (이리와 앉아.)

방에 들어간 기앙을 불렀다.

"……."

미역냄새가 허기를 불러일으켰다. 베트남 생선국에는 해조류보다 야채를 많이 사용한다. 기앙이 한국식품 수입마켓에서 사온 미역으로 국을 끓인 모양이었다. 한국 사람들은 생일에 미역국을 먹는다는 것쯤은 그녀도 알고 있지만, 굳이 생일이 아니더라도 K가 좋아하는 미역국을 끓이곤 했다.

"엠텐 웅오이, 꿍디 너이." (이리와 앉아, 같이)

문틀을 잡고 선 기앙은 K를 바라보기만 했다.

"밥 먹자니까?"

한국말로 버럭 소리를 질렀다. 먹기 싫으면 싫다든지 아니면 다른 이유를 대던지 남의 일처럼 무심한 기앙을 보자 K는 부아가 났다. 한 달에 두어 번 찾아오는 남자, 아니 손님, 부모 형제에게 인사도 하지 않은 이방인, 소리 소문도 없이 언젠가 떠나 버릴지도 모를 사람, 그리고 휴가일정이 가까워지면 습관이 돼버린 버럭질, 그녀에게는 형편없는 남자인 것만은 틀림없지만, 무심한 표정으로 일관하는 것 또한 못마땅했다.

47025#*#. 누구도 범접할 수 없었던 숫자. K만 알고 있던 금고 비밀번호였다. 그는 순서대로 숫자를 꾹꾹 눌렀다. 금고 상단에 하얀 봉투에 든 어음 한 장이 눈에 들어왔다. 마지막 희망을 걸었던 6개월짜리 진성어음, 대학 선배에게 자재대금으로 받았던 것이었다. 그러나 3억 원짜리 휴지조각

이 돼 버렸다. 그것을 지갑 깊숙이 넣으면서 K는 어금니를 어귀적 갈았다.

사무실 소파에 몸을 던졌다. 피곤했다. 밤새 잠 한숨 자지 못해서인지 허탈감이 몰려왔다. 어떠한 생각도 하기 싫었다. 그냥 이대로 잠들어버렸으면 영원히……

책상 위에 던져놓았던 이동전화가 '아빠 전화 받으세요'를 질러댔다. 중학교에 다니는 큰딸 수빈일 게다.

"아빠, 엄마가 쓰러졌어."

수빈은 비명을 질렀다. 어제 아침 식은땀을 흘리며 앓아누웠던 아내가 기억났다. 제 몸도 건사하지 못하는 게 한심스러워 눈길도 주지 않은 채 채권단과 마지막 담판을 위해 정신없이 출근했던 터였다.

"수빈아 먼저 119에 전화해서 도와달라고 해!"

엄청난 주문을 어린 딸에게 해 놓고도 K는 어떻게 해야 할지 도무지 생각이 나지 않았다.

택시를 타고 병원 응급실로 향했다.

"엄마 어떻게 된 거야?"

"몰라! 학교에서 돌아왔는데 엄마가 피를 흘리며 거실에 쓰러져 있었어."

간이침대에 누운 아내는 진정제를 주사했는지 조용했다.

당직 의사가 들어왔다.

"이애란 씨 보호자님 입원 수속 밟아 주세요."

당직 의사의 냉소적인 명령이 K의 선택권을 앗아가는 순간이었다. 아무것도 할 수 없다는 게 차라리 편했다.

사업에 미쳐 돌아다녔던 몇 년간 아내에 대해 그 어떤 것도 K는 알려고 하지 않았다. 그저 일, 일, 일 뿐이었다. 입원 서류를 적어 내려갔다. 이름, 주소, 주민등록번호……? 숫자들이 하얗게 흩어지고 있었다. 원무과 직원을 바라보았다. 마치 그가 아내의 주민등록번호를 알고 있기라도 한 것처럼.

"다음에 적으셔도 됩니다."

원무과 직원의 건조한 말이 고막을 관통하고 있었다.

"여보, 언제 왔어?"

아내는 응급조치를 해서인지 얼굴에 핏기가 돌았다.

"아무렇지도 않은데, 그냥 집에 가자, 여보."

아내의 목소리가 목구멍 속으로 기어들어가고 있었다. 가슴이 먹먹해졌다.

무엇부터 잘못되었는가. 47025#*# 금고 비밀번호가 아내를 어두운 곳으로 떠밀고 있었다. 남아있는 재산이라고는 현재 살고 있는 아파트 한 채, 그마저 며칠 후면 은행에서 경매 처분될 것이다.

"이애란 씨 보호자님 지금 8층 병동으로 환자를 옮기셔야 합니다."

간호사의 지시대로 이동식 간이침대를 따라갔다. 두 명이 사용하는 특실이었다. 응급환자가 많아 일반병실이 없다는 원무과 직원의 말이 떠올랐다. 입원비가 비쌀 텐데. 머리가 잠시 혼란스러웠다. 그리고는 포기했다. 어차피 아무것도 할 수 없는 것은 마찬가진데 무슨 상관인가.

"폐암 말깁니다. 잘 관리해야 3개월입니다."

주치의의 단호한 선언, 한심하다는 듯 바라보는 싸늘한 눈빛에 아내의 앓는 소리만 증폭되어 돌아왔다.

아내의 병원비도 처가 도움을 받았다. 유빈과 수빈도 처가에 맡겨졌다. 찜질방도 오늘이 마지막이다. 며칠 전부터 힐끗거리는 찜질방 주인 시선에 뒤통수가 따갑다.

'그깟 몇 푼이나 된다고. 아내를 죽이고도 이렇게 뻔뻔하게 살아있는데.'

돈 몇 푼이 문제 될 게 없어 애써 무시해버렸다. 그러나 정작 밀린 돈을 주고 나면 주머니엔 한 푼도 남지 않았다. K가 선택할 수 있는 것은 아무것도 없었다.

K는 찜질방을 나섰다. 한강 둔치로 향했다. 제방 가까이에서 강물이 찰랑거렸다. 아내의 얼굴이 수면에 반사되는가 싶더니 이내 산란하고 말았다.

그는 구두를 가지런히 벗어놓고 강물 속으로 발을 내디뎠다. 발등에 부딪힌 수면에 수빈과 유빈이 환하게 웃고 있었다. 그는 그 물결을 잡으려 허우적거리다 눈을 떴다. 온몸이 땀으로 젖어 있었다.

K도 한때 사업이 번창했다. 주위에서 사업에 수완이 있다고도 했다. 그런데 중소기업은행에서 융자를 받았던 게 탈이었다. 금융위기가 닥치자 제일 먼저 은행은 돈을 빌려줄 때와 다르게 일말의 인정도 없이 회수해갔다. 마지막 희망을 걸었던 선배 회사 어음은 은행도 가기 전에 부도 소문이 돌았다. 부랴부랴 선배에게 전화를 했다. 그러나 이미 부도가 난 뒤였다.

가깝게 지내던 지인들에게 연락을 했다. 그러나 아무도

전화를 받지 않았다. 그 많던 지인들도 하나같이 외면했다.

최종 부도를 맞게 한 선배에게 전화했다. 원망하거나 따질 생각은 없었다. 단지 살아서 아내 대신 두 딸을 지켜야 하겠다는 생각밖에는.

"선배 잘 지내세요?"

"야, 너 아내 얘기 들었어, 연락이라도 하지."

"뭐 좋은 일이라고……."

어이가 없었다. 당장이라도 멱을 따서 죽이고 싶도록 미운 마음을 누르려니 몸이 떨렸다.

"선배, 일자리나 알아봐 주세요?"

"야, 그래, 너 베트남 갈래?"

선배는 죗값이라도 치르려는 듯 구질거리는 목소리였다. 치욕스러워도 참아야 했고 무릎을 꿇어서라도 살아남아야 했다. 소나기는 피하고 봐야 한다는 평범한 진리조차 왜 진작 몰랐을까. 어음을 부도내고도 잘 살고 있는 선배는 과거일지 모르나 K는 현재 진행형이었다.

선배가 소개해 준 곳은 베트남 하이퐁 근처 전자공장 신축 건설현장이었다. 어쨌든 항공권까지 구해준 선배에게 쓰다 달다고 말할 처지가 아니었다.

[인천공항 출발 하노이 노이바이 공항 도착]

K는 베트남행 비행기에 올랐다. 창밖을 내다보았다. 하얀 구름이 지축을 향해 곤두박질치고 있었다. 아내와 딸들의 얼굴도 구름처럼 일그러졌다 펴지기를 반복하더니 태양 아래로 흩어지고 말았다. 초등학교 때 두 손에 태극기를 흔들며 목청껏 불렀던 맹호부대 노래가 생각났다. 왜 그들이 먼 이국 월남 땅까지 가야 했던지 그때는 몰랐다. 지금도 정확히 이해한 것은 아니어도 자의든 타의든 그들의 가족과 조국을 떠나야 한다는 게 얼마나 힘들고 고통스러운 건지 약간은 이해할 것 같았다.

햇살이 뜨겁다. 구름 한 점 없는 하늘이다. 금세라도 쓰러뜨릴 것 같은 열기. 이곳저곳에서 욕설이 들려왔다. 떠날 때가 되었다는 것일 게다. 보고 싶은 가족도 있을 터, 당장에라도 돌아가 그리워하던 가족들과 그동안의 고생담을 안주 삼아 위로를 받으면 될 것을. 왜 저러고 있는 것일까. 홀홀 털어버리고 가버리면 될 것을 내연녀와 하룻밤 쌓은 정분이 아쉬운 것일까.

술잔 부딪치는 소리가 들려왔다.

"모 타이 바 도!" (하나 둘 셋 넷) —아자아자

지난날에 대한 보상이라도 받으려는 것인지 아니면 얼마 남지 않은 시간이 아쉬운 것인지 목이 터지라고 술잔을 부딪치며 '모 타이 바 도'를 외치며 술잔을 비워대는 그들의 얼굴은 욕정으로 번질거리고 있었다.

"K 반장, 술 한 잔 혀."

김 씨가 말을 붙여왔다. 술병을 든 그의 뭉툭한 손끝은 떨리고 있었다. 소주 한 잔이면 가슴속 응어리도 풀어버릴 수 있는 사이어도 마음이 허락하지 않는 일도 있을 터. 김 씨는 어렵게 지난 휴가 이야기를 꺼냈다.

"지난달 휴가 갔을 때 아들이 말하데. 지금까지 아버지가 한 게 뭐가 있냐고."

K는 대화할 상대가 있는 김 씨가 부러웠다. 도망 오듯 베트남에 온 뒤 딸아이들과 진솔한 대화를 해본 적이 없었다. 솔직히 어떤 말을 해야 할지도 생각해 보지 않았다.

"너 인마, 대학까지 보냈고, 동생 대학 나와 직장 잡을 때까지 뒷바라지했지, 그리고 둘 다 장가보내 줬으면 된 거지 또 뭘 해야 하느냐고 했지."

김 씨 목소리는 떨리고 있었다.

"그랬더니요?"

"학비 대주고 장가보내 주면 아버지 역할 다하는 거냐고 그러더라고."

잠시 머뭇거리던 김 씨가 말을 이었다.

"생각해 보니 다른 것은 별로 내세울 게 없데, 학비 대주고 밥 먹여 주는 게 다는 아닌가배, 이번에 귀국하면 더는 해외 노가다 그만 헐란다."

김 씨 눈언저리가 붉게 충혈되어 있었다. 여태까지 딸아이들은 물론 장인 장모에게조차 아버지와 자식 노릇에 대한 채근을 받아본 적이 없었던 K는 오히려 김 씨가 부러웠다.

김 씨를 만난 것은 십 년 전쯤 K가 베트남에 처음 왔을 때였다. 첫 현장에서 만난 이후 세 번이나 같은 현장에서 일을 하게 되어, 그의 형편은 대략 알고 있었다. K보다 이십 년이나 많은 나이어도 건강하고 쾌활한 성격이었다. 그는 틈날 때마다 아들 자랑에 입술에 침 마르는 날이 없어 팔불출이라고 핀잔을 주기도 했다. 전 현장에서는 아들이 대기업 중역이 됐다며 한턱내기도 했던 김 씨도 남모를 아픔이 있다는 것을 처음 알았다. 어쩌면 아버지라는 무게 때문은 아닐까.

K는 아내가 세상을 떠난 후 딸아이들과 마주앉은 기억이 없었다. 비자갱신 차 귀국하는 것도 쫓기듯 돌아왔다. 어릴 때부터 어미 없는 외가에서 자란 딸들에게 과연 아버지라 불릴 수 있을까……. 김 씨의 말이 사실인지는 알 수 없어도 그의 하소연은 가슴에 와 닿았다.

"형님 한잔하세요, 무슨 일인지 모르겠지만 잊어버리세요."

김 씨는 더는 아무 말도 하지 않았다. 그래도 그는 돌아갈 집이 있고 아내가 있고 다툴 수 있는 아들이 있지 않은가.

술잔 부딪히는 소리가 더욱 맹렬해졌다.

"모 타이 바 도."

목줄을 타고 넘는 알코올, 싸늘한 이물감이 위장을 자극하면 온몸은 흥분으로 팽창된다. 그들은 이 기분에 편승해 인간이기를 거부하기도 한다. 그렇지 않으면 그들은 이미 짐승이 되었거나 정신병자가 되어 이국땅 어딘가에서 쓸쓸하게 죽었을지도 모른다. 김 씨의 두터운 손이 접대부의 가슴을 파고들었다.

기앙을 만나게 된 것도 김 씨의 역할이 컸다. 처음 도착한 베트남 현장에서 만난 첫 한국인, 반가울 수도 있었지만, 사람에게 진절머리 나도록 지쳐버린 K에게는 김 씨가 반가움의 대상이 아닌 경계의 대상이었다. 서너 달쯤 지나 잘못 마신 물 때문에 설사병에 걸렸다. 상수도 시설이 없는 곳이어서 외국인들이 자주 걸리는 병이었다. 며칠간 먹은 것 없이 배설물을 쏟아대니 거의 탈진이 되어 캠프에 누워있을 때였다. 먼발치서 지켜만 보던 김 씨는 K가 안쓰러웠던지 정로환을 건넸다. 건강만은 자신했던 그도 어쩔 수 없이, 김 씨가 건넨 정로환을 받아먹고 거짓말처럼 설사가 멈췄던 게 김 씨와 가까워지게 된 계기였다.

김 씨는 K에게 맥주 한 잔 하자고 했다. 가끔 술 냄새를 풍겼던 그였기에 별생각 없이 따라나섰지만, 사실 그의 평소 고마움에 대해 보답을 해야겠다는 마음이 더 컸다. 김 씨는 현지인 운전사에게 무어라 베트남말로 하더니 택시를 탔다. 불빛이 휘황한 하이퐁 시내의 한 가라오케 같았다. K는 한국에서 자주 다녔던 단란주점이 생각나서 잠시 머뭇거렸으나, 이내 김 씨를 따라 들어갔다. 겉모습보다 훌륭했다. 출입문을 열고 들어오는 앳돼 보이는 여자아이들, 한국에서 수없이 드나들며 돈을 뿌렸던 단란주점이었지만, 어쩐지 긴장되었다.

"K 반장 위스키 한잔 해."

김 씨는 K에게 귓속말을 했다.

"1,500,000동(75,000원)이면 돼. 오늘 같은 날 몸 한 번 풀어!"

축 늘어진 아내의 주검이 떠올랐다. K는 위스키 몇 잔을 연거푸 들이켰다. 얼굴이 붉게 팽창해 왔다. 그의 파트너가 놀란 눈으로 바라보았다. 앳돼 보이는 여자아이, 아내의 긴 목선을 너무나 닮은 여인. 기앙이라고 했다. 혼란스러웠다. 술이 한잔씩 더해지자 K의 의지는 본능으로부터 제어할 방법을 상실해가고 있었다. 그의 손은 이미 기앙의 허리를 지나 가슴을 비집었고 입술은 그녀의 긴 목선을 따라 한없이 욕정을 발산했다. 그녀의 몸도 달아올라 허리를 비틀며 그의 입을 덮었다.

[카톡]

스마트폰을 열었다.

[아빠, 수빈이 ♥]

[딸 뭐해? ♡]

[아빠하고 카톡하고 있지 ㅋㅋㅋ]

[아, 그렇구나! ㅋㅋㅋ]

[이번 휴가 때 들어올 거지?]

한 현장이 끝날 즈음이면 우울해지는 기앙과 기앙의 성을 따른 휴이 그리고 주말이면 공안 눈치를 봐야 하는 그녀의 아버지와 가족들을 생각했다. K에게 그들은 누구인가.

[알써, 일 끝나면 ㅎㅎㅎ]

창밖을 바라보았다. 지평선에 석양이 진홍색을 발하고 있었다. 더 나이 들기 전에 모든 것을 털어버리고 한국으로 돌아가 딸들과 살고 싶었다. 공사현장도 끝났는데 그냥 가버리면 될 것을 뭘 망설이는지 간단하게 짐만 꾸리면 된다. K가 떠난 것을 기앙이 금방 알 수 있는 것도 아니다. 적어도 한 달은 지나야 알게 될 거고, 그렇다고 한국으로 찾아오기도 쉽지 않을 것이다. 정식으로 결혼한 것도 아니니 휴이가 그의 아들이라는 증거도 없다. 가버리기만 하면 하등의 문제가 될 게 없다. 그리고 딸들에게 그동안 하지 못한 아버지 아니 제 어미 몫까지, 장모님에게는 자식 노릇을 할 것이라 다짐했다.

K는 여행사에 전화했다.

"여보세요?"

무심결에 뱉어낸 한국말이다.

"아 로." (여보세요)

편하기만 하던 베트남 말이 낯설게 수화기를 타고 흘렀다. 아내의 모습이 딸아이들의 얼굴에 오버랩되었다. 기억에서 사라져버렸던 아내의 모습이었다. K는 딸들과 같이 해보고 싶은 것들을 생각했다. 백화점 쇼핑, 고궁 나들이, 대학로에 연극을 보러 갈까. 유빈은 대학생이니까 대학로가 좋을 것도 같았다. 한두 번 가본 곳이긴 해도 유빈이 어떤 연극을 좋아할지 자신은 없었다. 아내가 잠들어 있는 곳, 남한강 기슭의 작은 개울가, 지명조차 가물거려 흔적이라도 찾아볼 수 있을까. 아내의 유골을 강물에 뿌렸던 게 후회가 되었다. 아내의 유언이었고, 어쩔 수 없는 선택이긴 했어도 지금 생각해 보면 묘지라도 만들어 놓을 걸, 아쉬운 생각이 들었다. 수빈은 행시에 합격할 때까지 얼마나 힘들었을까. 유빈의 대학 입학식에 참석 못한 게 미안했다. 딸들에게 해주지 못했던 일들이 아릿하고 안타까웠다.

김 씨가 했던 말이 생각났다. 그래도 아버지라 불릴 수 있을까.

K는 여행 가방을 열었다. 손끝에 닿는 **빡빡한** 질감. 여행사로부터 받은 한국행 항공권과 여권, 가슴이 두근거렸다. 십 년을 넘게 살아도 이방인이었던 건가.

"얼른 식사해, 아빠는 피곤해요."

기앙이 휘이를 다독이고 있었다. 그녀의 행동은 평소와 다르지 않았다. 어쩌면 만날 때부터 헤어져야 한다는 것을 알고 있었을까. 아무튼, 다행 아닌가. 기앙이 휘이를 데리고 방으로 들어갔다.

K는 현관문을 열고 마당으로 나왔다. 야자수 잎사귀에 기댄 초승달이 채 지워지지 않은 노을에 물들고 있었다. 앞마당에 잘 자란 아데니움이 휘이만큼 자라 몇 해 전부터 꽃을 피우고 있었다. 길거리에서 어린 뿌리를 구해 심었는데 기앙이 열심히 가꾸어 붉은 꽃잎을 노을에 적시고 있었다. 한국 시골에서도 흔히 볼 수 있는 채송화가 깨진 화분 조각 사이에서 꽃잎을 접지 못한 채 오롯이 석양빛을 받아내고 있었다.

아내는 이슬 맺힌 채송화를 좋아했다. 작은 꽃잎에 맺힌 이슬이 아침 햇살에 산화되어 흔적도 남기지 않는 게 너무 깨끗해 자신도 그렇게 죽고 싶다고 말하곤 했다. 아내는 결국 그렇게 가버렸다.

기앙이 옷가지를 여행 가방에 정리하고 있었다. K는 가슴이 덜컥했다.

"뭐해?"

K는 무심한 척 말했다.

"한국 다녀오세요."

"그냥 둬 내가 챙길게."

시무룩한 기앙은 안방으로 들어갔다. 다행이란 생각이 들었다. 그래 이번에 가면 돌아오지 말자. 가슴이 두근거렸다. 그녀가 눈치를 챈 것은 아닐까. 그럴 리 없어, 정말 알아챘다면 저렇게 태연할 수 없을 거야, 아마 비자 갱신만 하고 돌아올 거라고, 워크비자라도 일 년에 한 번씩 갱신해야 한다는 것을 그녀도 알고 있었다. 그리고 기앙이 한국에 있는 딸들을 알 리 없었다. K는 기앙에게 한 번도 그녀들의 존재를 말한 적이 없었다. 그런데 어떻게 알겠는가. 기앙은 K의 한국행은 비자 갱신 때문일 거라 믿고 있는 게 분명해 보였다.

"삼십 분 후면 인천국제공항에 착륙할 예정입니다. 승객 여러분께서는 자리에 앉아 안전벨트를 착용해 주시기 바랍니다."

스튜어디스의 안내방송이 스피커를 타고 흘렀다. 승객들의 웅성거리는 소리에 K는 눈을 떴다. 곤히 잠들었던 모양이다. 출발하기 전까지 긴장했던 탓일까. 몸이 무거웠다. 좌우로 움직여 보았다. 역시 퍽퍽했다. 창밖을 내다보았다. 일년 전에도 다녀갔지만, 창밖에 비치는 전경이 따사로웠다.

기압이 고막을 누르는가 싶더니 덜컹거리는 바퀴 소리가 도착을 알리고 있었다. 드디어 한국이다. 기앙 가족들과 베트남 공안으로부터 해방이었다. K는 스마트폰을 켰다. 카톡 소리가 연발하고 있었다.

[아빠 집에서 봐야겠네. 쏘리♡♡♡.]

큰딸 수빈이다.

[공항에 못 나가 미안, 약속이 있어ㅠㅠ, 집에서 봐!!!]

작은딸 유빈의 카톡이다. 딸들이 공항으로 마중 나올 거라고 기대하지 않았지만, 카톡 마중이 그리 달갑지만은 않았다. 삼성동 공항터미널 행 리무진 버스를 탔다. 처가가 대치동이어서 가장 가까운 곳까지 이동하기엔 택시보다 리무진 버스가 오히려 편했다. 처가라야 이제 장모님만 계시지만. 딸들이 외할머니를 모시고 있는 곳이기도 했다. 장모님

덕분에 편안하게 외국 생활이 가능했을지도 몰랐다. 항상 감사한 마음이지만, 한 치 건너 두 치라던가 딸들과는 달리 장모님이 서먹한 것 또한 사실이었다. 한강 변은 뉘엿거리는 노을로 물들고 있었다. 내일을 물어보았던 곳이었다. 아내의 얼굴이 강물에 눈부시게 찰싹거렸다.

K는 처가 가까운 커피숍에서 기다리기로 했다. 딸들이 올 때까지는 두어 시간 기다리면 될 터였다.

수빈이 먼저 도착했다. 일 년 전 잠시 보았던 딸이 아니었다. 공무원이어서인지 벌써 딱딱함이 배어났다.

아파트에는 아무도 없었다. K는 짐을 내려놓을 곳이 마땅치 않아 거실 소파 옆에 붙여 놓았다. 안방은 장모님이 쓰시고, 작은방 두 곳은 유빈과 수빈이 쓰는 모양이었다. 엉거주춤 거실 소파에 걸터앉았다.

"외할머니는 어디 가셨어?"

"응, 외삼촌 댁, 아빠는 거실에서 자야겠다."

수빈은 큰딸이라서인지 K의 잠자리가 신경 쓰이기는 했던 모양이었다.

초인종이 울렸다. 유빈인 모양이었다.

"아빠아~."

K는 유빈을 안으려다 다 자라버린 숙녀라는 생각에 멈칫거렸다. 유빈은 아랑곳하지 않고 목에 매달리며 머리를 흔들어댔다. 너무 의젓해져 버린 큰딸 수빈과 숙녀가 돼버린 작은딸 유빈이었다.

"아빠 배고프지?"

"응. 우리 뭐 해먹을까?

K는 무심결에 뱉은 말이었다.

"뭘 해먹어, 나가서 먹고 오면 되지."

유빈의 간결한 제안이었다. 집에 들를 때면 따스한 밥과 베트남 재료로 만든 한국반찬이어도 기양과 휘이가 항상 같이 식사를 했다.

"그래 뭐 먹으러 갈까?"

"피자 먹으러 가자."

유빈이 다시 냉큼 말했다.

"어, 그래 그러자. 어디?"

"피자 헛."

K는 두 딸의 말에 토를 달 여지도 없이 따라나섰다. 한국의 피자 맛만은 못하지만, 베트남에도 피자집이 더러 있다. 맛이야 베트남식이어도 피자 흉내는 다를 게 없었다. 가끔

휴이가 피자 사달라고 졸라댈 때는 기앙은 눈살을 찌푸리며 휴이를 나무랐다. 그때마다 기앙을 못마땅하게 생각했던 기억이 났다. 휴이는 지금쯤 학교에서 돌아와 한국말 수업에 몰두하고 있겠지. 기앙이 열심히 가르치고 있겠지만, 거기서 거기겠지. K는 기앙의 어눌한 한국어 교육하는 모습을 떠올렸다.

"치즈피자."

수빈이 먼저 주문을 던졌다.

"고구마 피자."

"그럼 두 개 시켜서 나눠 먹자."

K는 딸들의 주문대로 나눠 먹는 게 좋을 듯했다. 수빈은 아빠와 식사가 마냥 즐겁지가 않아 보였다.

"무슨 일 있어?"

"무슨 일은. 사무실 일을 마무리하지 못하고 나와서 내일 아침 일찍 출근해야 해."

수빈은 일이 많은가 보았다. 공무원 연수받은 지 얼마 되지 않았으니 그럴 것도 같았다.

"유빈도 내일 약속 있어?"

"응, 낼 오전 수업 마치고 MT 가기로 했어, 강촌으로, 1박

2일."

　기앙은 K가 집에 오는 날이면 늘 같이하고 싶어 했다. 잠시라도 여유를 줬으면 좋으련만, 그녀는 늘 같이하고 싶어 했고 휴이도 그랬다. 가까운 곳으로 나들이나 쇼핑을 가자고 할 때는 정말이지 얼마나 귀찮았던지 지금 생각해도 끔찍했다. 그런데 수빈과 유빈이 집을 비운다니 K는 무슨 까닭인지 소외감이 들었다. 장모님이 계시지 않는데도 거실은 불편하기 짝이 없었다. 마치 몸에 맞지 않는 옷을 걸치고 있는 기분이었다.

　이른 아침 약간의 소란이 일었고 그리고 이내 조용해졌다. 모두 갈 곳으로 간 모양이었다. K는 부스스 눈을 뜨고 천정을 바라보았다. 아내의 일그러진 얼굴이 떠올랐다. 당신이 있을 곳이 아니에요 하면서.

　빈집에 혼자 우두커니 있는 게 답답해 한강 둔치로 나섰다. 부모의 손을 잡은 아이들이 조잘대며 K의 옆을 지나갔다. 저 아이도 언젠가 그의 자식의 아버지가 되겠지. 김 씨는 오십 년을 처자식을 위해 살았다고 했다. 과연 그의 말이 사실일까. 그렇다면 K는 수빈과 유빈에게 서운한 마음을 가져도 되는 것일까. 한강 수면에 부딪힌 햇살이 허공으로 튕겨 나가고 있었다.

스마트폰 수신음이 울렸다. +86 16 476 4786, 국가번호가 베트남이었다. 가슴이 덜컥했다. 스마트폰을 엎어버렸다. 뒤이어 들려오는 메시지 도착 음. K는 조심스럽게 주위를 둘러보며 메시지를 열었다. 합격 통지서였다. 얼마 전에 이력서를 넣어 두었던 하이퐁에 있는 L전자회사 증축 현장이었다. 합격은 무슨…… 도망치듯 빠져나온 곳인데…… 문득 휴이의 어눌한 한국말이 짧은 파문을 일으키며 아데니움의 붉은 꽃잎을 흔드는 것처럼 들렸다.

2호선 삼성역은 혼잡하기 이를 데 없었다. 어디서 무엇 하러 몰려든 사람들인지 알 수 없어도 제각기 부산하게 움직이고 있었다. 회사에서 근무해야 할 사람들이 도대체 왜 돌아다니는지 이해가 되지 않았다. 하이퐁도 사람들이 많이 살기는 해도 이렇게 부산하고 허겁거리며 돌아다니지는 않는다. 그들은 적어도 퇴근 후가 되어야 거리로 나와 운동을 하던지 가족과 식사를 하기도 하지만 이처럼 바쁘게 움직이지는 않는다.

전철역 매표소는 물론 역무원도 보이지 않았다. 한참을

두리번거리다가 겨우 찾아낸 게 자동승차권 자판기였다. 어떻게 표를 사는지 안내문을 열심히 보아도 알기 어려웠다. 승차권을 사기위한 보증금 오백 원 그리고 내릴 때 찾아가란다. 이해하기 힘든 상황의 연속이었다. K는 집으로 돌아와 버렸다. 사실은 유빈이 MT에서 돌아오면 연극을 보기 위해 대학로 극장에서 어떤 연극을 공연하고 있는지 확인해 볼 참이었다.

가로등이 밝게 비추고 있어도 구석구석 남아있는 어두운 그림자가 밤이 이슥해지고 있다는 것을 알려줬다. 뱃속이 꼬르륵거리고 있었다. 한강 둔치에 나갔을 때 포장마차에서 어묵 서너 개 먹은 게 전부였던 터라 시장기가 몰려왔다. 스마트폰을 확인했다. 혹시 알림 음을 듣지 못했을 수도 있었다는 생각에, 그러나 어떤 흔적도 남아있지 않았다. 기앙이 끓여주던 미역국이 생각났다. 아내가 끓여주었던 맛과 비교할 수는 없어도 한국산 미역 덕분인지 그런대로 먹을 수 있었다. 그 맛이 K의 허기를 독촉하는 것 같았다. 수빈이 많이 바쁠 거라는 생각을 하면서 K는 소파에 몸을 기댔다.

강변 터미널에서 양평 가는 시외버스를 탔다. 전철이 있다는 말을 듣기는 했어도 어제 삼성역에서의 해프닝 때문에 버스를 타기로 했다. 아내의 유골을 뿌렸던 곳은 찾을 수가 있을까. 양평 시외버스터미널에서 그리 멀지 않은 곳이었는데, 눈물범벅이 된 수빈과 유빈을 앞세우고 걸어갔던 길이 어렴풋하게 기억날 것도 같았다. 그런데 현지에 도착하니 도대체 어디가 어딘지 구분도 되지 않았다. 그때는 논길을 지나 작은 산을 끼고 돌았다. 논길은 온데간데없고 산은 있지도 않았다. 그때 그곳인지 알 수 없어도 아파트만 즐비하게 늘어서 있었다. K는 그 자리에 주저앉고 말았다. 처음부터 기대를 한 것은 아니어도 이렇게 전혀 다른 모습이라고 상상하지 못했다.

짧은 메시지가 들어왔다. 수빈이었다.

[아빠 오늘 못 들어가요, 식사는 알아서 해결하세요. ㅠㅠ]

수빈이 밤을 새우는 모양이었다. 어제도 들어오지 않았다.

[피곤하지 않아?]

[걱정 마, 제가 알써 해요 ㅠㅠ]

유빈은 연락도 없다. 무슨 일은 없겠지. 십여 년도 살아왔는데 별일이야 있으려고, 걱정하는 자신이 부끄러웠다.

햇살이 수직으로 내려쬐고 있었다. 아스팔트에서 솟아오

르는 복사열은 베트남 열기를 무색하게 했다. 스마트폰 메시지 도착 신호음이 들렸다. 기앙의 전화다. 받을까 말까. 망설여졌다. K는 받지 않았다. 다시는 돌아가지 않으려 다짐하면서 온 한국인데……. 한 줄 안전띠에 목숨을 걸었던 십여 년이 모두 허사가 될 수 있다는 불안감. 핏줄마저 던져버렸던 비정의 아버지. 그는 온몸이 굳어오는 것을 느꼈다.

[며시? 저녀은?] (몇 시? 저녁은?)

아직 한글도 못 쓰는 기앙이 안쓰러웠다.

[미여구 그러느데 자기 새가 나서] (미역국 끓였는데 자기 생각나서)

오늘 아침 파리바게트에 사먹은 샌드위치 한 조각과 우유 한 팩이 생각나자 뱃속이 니글거렸다. 미역국, 그런대로 먹을 만했던, 기앙이 끓였던 미역국이 눈앞을 아른거렸다. 처음엔 먹기 힘들어 했던 휘이도 최근에는 곧잘 미역국을 먹었다. 생선뼈다귀가 신경 쓰이기는 해도, 잘 골라내면 문제 될 것도 없었다.

'발음이 되지 않으면 쓰기도 말하기도 할 수 없는데. 그렇게 열심히 시켰는데도 아직 한국어 발음이 그렇게 어려워? 아니 아직 쓸 줄도 모르면 어떻게 하자는 거야? 빨리 돌아가

서 제대로 한국어 교육시켜야지.'

K는 혼자 중얼거렸다.

[카우 코에주?] (잘 있었어?)

K는 최대한 침착하려 애썼다.

[모이 주우에-엔 토트 뎁니] (모두 잘 있어요)

[휴이 카우?] (휴이도 잘 있어?)

휴이가 너무 보고 싶었다.

K는 은행을 찾아 적금 통장을 확인했다. 삼억 원에 천만 원이 모자란다고 했다. 이 돈으로 두 딸과 함께 살 수 있는 아파트를 살 계획이었다. 십여 년 전부터 악착같이 모았던 돈이었다. 그런데 그럴 필요가 없어졌다.

두 딸이 사는 아파트로 돌아왔다. 아무도 없었다. 있을 리가 없었다. 이미 말하지 않았는가. 사무실 출근과 MT 간다고.

K는 딸들에게 선물로 준비했던 핸드백과 파카만년필 그리고 장모님께 드릴 수제 머플러를 거실 탁자 위에 가지런히 놓았다. 그리고 가방에 짐을 다시 챙겼다. 짐이라야 아직 꺼내지도 않았지만.

김 씨에게 전화를 했다.

"형님, 스콜 내려요?"

"아직이야. 하긴 날이 꾸무리한 게 한바탕 퍼부울 것 같아. 근데 자네 오는 거지? L전자 현장 됐다며?"

하노이행 비행기 티켓은 언제든 구할 수 있어 다행이었다.

엇모리

텔레비전에서 엇모리장단 해설이 한창
이다.

'덩 덕쿵 쿵덕 쿵 덩 따따 쿵 덕쿵'

일정한 리듬을 길고 짧은 박자를 엇되게 반복시킨다. 첫
박자는 길게 또 다음 박자는 짧게. 배변을 참아내듯 괄약근
을 오므리고 숨은 길게……. 가슴을 쥐어짜듯이 졸여오는
가락이다.

거실에서 전화벨소리가 요란하다. 아내가 시장에라도
갔는지 전화 받을 기미가 보이지 않는다. 다급하게 들리
는 전화벨 소리, 금방이라도 무슨 일이 일어날 것 같이 요

란스럽게 들렸다.

"여보세요, 정칠봉 씨 댁이죠?"

중년 사내의 투박한 경상도 목소리가 들렸다.

"네, 그렇습니다만."

사내의 공격적인 어투에 나는 살짝 긴장을 했다.

"부산 동래경찰서 이형철 형산데요, 정칠봉 씨 좀 바꿔 주세요."

사내의 목소리는 단호함이 배어 있었다.

"제가 긴데 무슨 일입니까?"

밀려서는 안 되겠다는 생각이 들어 단호하게 되물었다.

"정칠석이 아내가 죽었어요."

순간, 나는 숨이 확 막혔다.

"정칠석이 행님 만능교?"

다짐이라도 하려는 어투다.

"그렇습니다마는……."

전화 속의 남자는 앞뒤 없는 말을 주워 넘기고 있었다. 이럴 때 아내라도 옆에 있었으면…….

"동생 분은 말도 안 통하고, 행님 되시는 분이 대신 참고 조사를 받아야 되겠는데……, 부산 동래서로 한 번 오시죠?"

사내의 단호한 목소리가 심장을 멈추게 했다. 내일까지 부산 동래경찰서로 출두해 달라는 말만 남기고 전화를 끊었다.

다리가 후들거렸다. 칠석에게 무슨 일이 벌어지고 있는 것만은 분명해 보였다.

나는 사내의 요청에 응하겠다고 했는지 아닌지조차 기억할 수 없었다. 무슨 일일까? 칠석이 결혼한 후로 나는 한 번도 시골에 가지 않았다. 아니 가고 싶지 않았다는 게 정확하다.

아랫배가 부글거리기 시작했다. 저녁 먹은 게 잘못되었는지 사내의 목소리에 긴장을 한 탓인지 당장이라도 쏟아내고 싶은 배설 욕구가 몰려왔다. 이럴 때는 숨을 멈추고 괄약근을 최대한 수축시켜야 한다.

일 년 전쯤이었다. 칠석 혼사문제로 시골에 들르라는 노인의 전화를 받았다. 그렇지 않아도 노인 건강 때문에 당장에라도 시골에 다녀와야 했지만, 나는 일이 바쁘다는 핑계로 차일피일했다. 나에게 시골은 아픈 상처를 들추어야 하는 곳이라서 남들처럼 오매불망 가고 싶은 곳은 절대 아니었다.

"와 그리 전화를 안 받노?"

질박한 경상도 사투리가 고막을 흔들었다.

"예, 어무이, 무신 일잉교?"

"아이다. 뭐 급한 거는 엄꼬, 니 쪼매 왔다 가거라"

수화기 내려놓는 소리와 동시에 노인은 말허리를 잘라버린다. 노인의 통화 방식은 늘 이렇게 나를 긴장시켰다. 이제는 이력이 날만한데 불편하기는 마찬가지다.

의자에 털썩 주저앉았다.

먼지가 파닥거리며 책갈피에 스며들어 책들을 쓰러뜨렸다. 도스토옙스키의 죄와 벌, 르 끌레지오의 황금 물고기, 한수산의 부초, 다윈의 진화론……, 그리고 불현듯 다가오는 불안감, 먼지들이 공간을 헤집기 시작했다.

핑계라도 댈 요량으로 다시 노인에게 전화를 했다. 전자음이 한참 수화기를 흔들더니 어눌한 목소리가 들려왔다. 노인은 그새 채마밭에라도 갔는지 주파수가 다른 칠석의 목소리가 들렸다.

칠석은 두어 살 때, 뇌성마비를 심하게 앓았다. 거의 시체나 다름없었던 어린아이를 조약(造藥)만으로 마을 사람 여럿을 살린 마을 노파의 지극한 노력으로 겨우 살아날 수 있었다. 뻣뻣해진 어린 칠석을 안고 마을 노파 댁으로 미친 듯이 뛰어가던 노인의 뒤를 나도 같이 뛰었다. 내가 봤을 때도 어린 칠석은 거의 시체나 다름없었다.

뒷산 능선이 수묵화처럼 흐릿하다. 돌담에 씌운 볏짚 이엉에 쇠똥버섯이 고개를 내밀고 무수한 포자를 날리고 있었다. 자신의 종을 보존키 위한 처절한 싸움일 터, 어금니를 꽉 다문 노인의 모습이 오버랩되었다.

사립문을 밀었다. 삐걱거리는 마찰음이 마당으로 미끄러졌다. 누렁이가 꼬리를 흔들며 옛 주인에게 아는 체했다. 일 년에 두어 번, 그것도 명절에만 오는 옛 주인을 누렁이는 기가 막히게 알아냈다. 낮게 깔린 모깃불은 비스듬한 부엌문을 도드라지게 했다. 마루로 연결된 찬장, 그곳에서 배어 나온 구수한 된장 냄새, 오랜만에 맡아보는 노인의 냄새다. 집 떠난 지 십수 년이 지났건만, 나는 온전히 이곳에 남아 있었다. 그렇지만, 나는 노인도, 누렁이도, 구수한 된장 냄새도 싫었다. 아니 이곳의 모든 것이 싫었다.

"어무이."

나는 조용하게 노인을 불렀다.

실은, 내가 시골에 왔다는 것을 이웃에게 알리고 싶지 않았다.

"아이구, 큰 아가?"

엷은 목소리가 봉창을 뚫었다. 아무리 작은 목소리도 노인은 아들이라는 것을 금세 알아차렸다. 자식에 대한 본능이 남들보다 예민한 탓일까.

안방에서 축축한 곰팡내가 덮쳐왔다. 시렁에 얹힌 낡은 족보 두어 권과 안방 문 위에 힘들게 버티고 있는 아버지의 낡은 초상화가 희미한 전등불빛을 빨아들이고 있었다.

"몸은 어떠십니꺼?"

"마, 이라다가 죽겠지."

노인의 목소리가 눅눅하게 방바닥에 가라앉았다.

노인의 죽는다는 말을 믿지 않는다. 일흔이 넘었지만, 남정네 한 놈쯤은 쉽게 내동댕이칠 수 있다. 더욱이 그게 칠석에 관한 일이라면 상대가 누가 됐던 한 치의 에누리도 주지 않는다. 게다가 노인의 가라앉은 목소리는 상대가 누구든 주눅 들게 해버린다. 그렇지만 나는 달랐다. 내가 주눅이라도 들어버리면, 노인은 내 의견 따위는 들으려고도 하지 않았다. 그리고 대부분은 형식적인 통보만 해 버리고 만다. 이를테면, 결정했으니 알고만 있어라, 대략 이런 식이다. 노인의 일방적인 주장을 피하기 위해서는 일단 노인의 눈길부터 피해야 했다. 그래야 다음 방법을 생각할 수 있다.

천정을 바라보았다. 하루살이들이 머리를 처박아 대고 있었다.

"전구 갈아야겠는데예?"

40와트, 이 작은 전구에서 뿜어내는 빛, 빛을 향한 하루살이의 무한한 집착, 내일이야 어찌 됐던, 빛을 먹어치우는 하루살이처럼 노인의 가라앉은 목소리는 칠석의 혼사를 성사시키겠다는 집착이 뚜렷했다.

"아직, 괜안타."

무심한 듯 던지는 한 마디 그야말로 건조했다. 짧고 단단한 노인의 말투에는 모든 생각이 함축되어 있었다.

저녁상이 차려졌다. 둥근 밥상에 칠석과 노인이 앉았고 나는 독상이었다. 나에게 독상이 차려지기 시작한 것은 오래전의 일이었다. 큰아들이라는 이유로 내가 초등학교 다닐 무렵부터 아버지와 겸상을 했다. 아버지가 돌아가신 후에도 나에게는 줄곧 독상이 차려졌다. 물론 내가 원하든 원하지 않던 나에게 독상을 차려 큰아들이라는 보이지 않는 압박을 했을 것이다.

나는 칠석을 힐끗 바라봤다. 칠석이 노인과 내가 하는 말을 이해할 수는 없겠지만, 싸늘한 분위기는 본능적으로 느끼는 것 같았다.

다른 사람들은 칠석의 말은 알아들을 수가 없다고 했다. 일그러진 입에서 흘리는 말을 듣는 게 거북해서인지는 모르지만, 그래도 나는 칠석의 말을 잘 알아들을 수 있다. 사실 놓치는 경우도 더러 있지만, DNA가 같아서인지 적어도 나는 칠석의 말을 정확하게 알아들을 수 있다.

노인은 어설픈 분위기가 싫었던지 수저를 놓으면서 말문을 열었다.

"날 파리가 와 이리 만노."

"그대로 놔 두이소."

나는 노인의 말머리를 잘랐다.

하루살이들은 여전히 백열전구에 머리를 처박아 대고 있었다. 마치 그 길뿐이라는 듯이.

"칠석이 장가 보낼라꼬."

이미 예견했던 일이었다.

삼 년 전에도 칠석의 혼사문제로 노인과 언쟁을 했던 일이 있었다.

속옷조차 제대로 갈아입지 못하는 어떤 여자를 칠석의 혼처로 소개했던 일이었다. 그녀는 결혼에 두 번 실패하고 세 번째 상대가 칠석이었다고 했다. 이런 말도 안 되는 혼처에 대해 나는 핏대를 세우며 노인을 몰아붙여, 결국 노인이 포기하게 했다.

노인이 칠석의 결혼에 집착하는 것을 이해할 수 없었다. 설혹 칠석을 결혼시키지 못한다고 해도, 노인에게 손가락질할 사람은 아무도 없다. 그런데도 칠석 혼사에 대한 노인의 집착은 집요했다.

"칠석이 어디 간능교?"

칠석의 행방이 궁금했다기보다, 나는 화제를 돌리고 싶었을 뿐이었다.

"외양간에 갔겠지."

나는 칠석의 결혼을 수없이 생각했다. 정상인이면서도 사랑이 가득한 여인이었으면, 텔레비전에 가끔 방영하기도 했던 모자라는 남편이어도 극진히 보살피는 여인, 그런 여인이 불쑥 나타나기를 기대했다. 그렇지만 그런 기적은 오지 않았다.

결국, 나는 앉아서 기다리는 일 외엔 별다른 방법이 없었다. 노인은 그런 우유부단한 아들이 마뜩잖았을 것이다.

"각시는 누군데요?"

"그거는 내가 다 알아서 할 끼고……."

노인은 잠시 숨을 고르시더니 말을 이어갔다.

"맞이(큰아들)한테만은 이바구(이야기)를 해야 할 것 같아서 말하는 기다."

칠석 혼사문제가 있을 때마다 노인이 하는 말이다. 어차피 노인 혼자 결정해도 될 일을 굳이 나와 상의 하려는 의도를 나는 도저히 이해할 수 없었다.

"야야 들어 바라, 처자는 울산에 살고 오래비는 선상(선생)이라 카더라. 살림은 그냥 사는가 보드라. 그라고 지 애비는 일찍 죽었다 안카나. 뭐, 애비가 엄서본 어떤노, 내가 한 번 먼발치서 봤는데, 키가 마 쪼매 작아서 글치 괜찮더라."

"키가 작다는 기 무신 말잉교? 혹시 난쟁이는 아이죠?"

노인의 푹 파인 이마 주름살이 아주 잠시 실룩이더니 이내 아무렇지도 않다는 듯이 태연하게 말을 계속했다.

"난쟁이면 뭐 어떤노! 여자가 살림만 잘하면 되지. 그라고 이름은 점례라 카더라. 등짝에 점이 있어 점례라고 지었다 카데, 그란데 거기 복점이라 카더라."

난쟁이라니 나는 설마 했다. 온몸이 오그라들었다. 지난 번처럼 억지라도 부려 이 혼사를 막아야겠다는 생각밖에는.

"안댐니더!"

나는 엉겁결에 말을 뱉어냈다. 그러지 않고서는 견딜 수가 없었다. 어떻게 난쟁이와 결혼을 시킨다는 말인가. 그래도 칠석은 사지가 멀쩡하지 않은가. 노인은 내가 상상도 할 수 없는 일을 벌이고 있었다.

칠석의 뇌 성장은 멈추어버렸다. 겉모습은 보통사람과 같아 보여도 실은 조금만 관심을 가지면 칠석이 보통사람과 다르다는 것을 쉽게 알 수 있다. 그런 칠석이 마흔을 넘었다. 그런데도 그는 여전히 다섯 살에 머물러 있다. 칠석이 혼자 있을 때는 보통사람과 구분이 안 된다. 그러나 사람만 만나면, 낯선 사람이면 더욱 얼굴에 경련을 일으키고 말을 더듬는다. 귀신이라도 본 것처럼 얼굴 근육을 마비시켜 버린다. 사람들이 혐오스럽거나 어쩌면 그들과의 소통이 필요하지 않는 것처럼.

칠석은 스스로 판단하여 행동할 수가 없다. 사지는 멀쩡해 단순 반복하는 일은 할 수 있어도 도움 없이 스스로 무엇을 한다는 것은 어렵다. 그래서 나는 늘 칠석을 도와줄 수 있는 여자가 칠석의 아내였으면 했다. 지금은 노인이 칠석을 돌보고 있어 문제가 되지 않아도 노인이 돌아가시기라도 하면 이 일은 오롯이 내 몫이라는 것도 잘 알고 있다.

다섯 손가락 깨물어 아프지 않은 손가락은 없을 것이다. 그런 노인에게는 막내아들인 칠석의 거취가 걱정될 수밖에 없다는 것도 이해할 수 있다. 그렇지만, 난쟁이와 결혼이라니. 이런 말도 안 되는 혼사라니. 동생을 책임지겠다고 말하지 못하는 내가 초라하고 비겁해 보였다. 그래도 나는 이 혼사만은 막고 싶었다.

　"괜찮다. 내가 다 알아서 할끼까네, 걱정마라."

　그렇다고 결혼 비용을 댈 수 있는 것도 아니고. 노인이 알아서 하겠다는데 더는 말이 필요하지 않았다.

　"만약에 알라(아기)라도 낳으면 우짤라 카는데에?

　나는 어릴 때 받은 상처를 떠올렸다. 지금도 잊은 것은 아니지만 그때의 상처는 여전히 마음 깊은 곳에 움츠리고 있어, 텔레비전에 장애인 방송이 나오기라도 하면 채널을 돌려버린다.

　"말도 안 되는 이야기는 하지도 마이소. 우리 집에 칠석이 하나로 인제 그만 끝 내입시더. 지는 몬 하겠심더!'

　내가 초등학교에 다닐 때였다. 노인이 시장에라도 가고 나면 칠석은 언제 집에서 나왔는지 담벼락에 쭈그리고 바지에 오줌을 지렸던 일이 많았다. 그러면 마을 아이들은 칠석이 오줌을 지렸다고 놀려댔다. 나는 칠석을 놀리는 아이들을 숨어서 바라보면서 수없이 울었던 기억이 아직도 생생하다. 그렇다고 그 아이들을 혼내 줄 용기마저 없어 아이들이 떠나가기를 기다려 칠석을 데려왔다. 그럴 때는 칠석을 개울에 밀어버리고 싶었던 충동이 여러 번 있었다. 차라리 물에라도 빠져죽어버렸으면 하는 상상을 수없이 했다. 어쨌든 동생이 정신지체아인 게 그때나 지금이나 싫기는 마찬가지였다.

"괘안타, 내가 다 알아서 할끼다."

노인은 단호했다. 내가 눈에 핏발을 세우며 대들어도 결국 노인 뜻대로 하리라는 것쯤은 나는 알고 있었다. 칠석에 대해서라면, 그 어떤 사람이든, 무슨 일이든 노인을 대적할 사람은 이 세상에는 없었다. 그런 노인에게 칠석의 혼사는 어쩌면 당연한 부모의 도리였을 것이고, 정신지체아로 성장해버린 칠석을 큰아들에게 맡긴다는 것도 노인의 자존심이 허락하지 않았을 것이다.

"우짤끼고, 장개는 보내야 하지 안켔나."

노인의 눈에 이슬이 살짝 비쳤다.

"그래도 몽달귀신은 맹글지 말아야지, 마, 보내자 그냥 내한데 메끼라."

가슴 한 구석에서 북소리가 들려왔다.

'덩 덕쿵 쿵덕 쿵 덩 따따 쿵 덕쿵'
그 북소리에 무수한 별똥이 들판으로 쏟아졌다.

나는 둘째 아이를 낳고 정관수술을 해버렸다. 정상적인 아이가 태어나지 않을 수도 있다는 불안감 때문이었다. 첫째 아이가 건강하게 태어났고, 둘째 아이도 건강하다고 산부인과 의사가 말해줬다. 그런데도 아이들이 조금이라도 이상하면 나는 등골에 식은땀을 흘리며 병원을 찾았다. 그때마다 건강하다는 의사의 말을 듣고도 내 아이들을 볼 때마다 칠석의 모습을 지울 수가 없었다.

나는 비뇨기과를 찾아 정신지체아의 잉태능력에 대해 상담해 보기로 했다. 칠석에게는 잔인한 일일 수도 있겠지만, 적어도 난쟁이 조카를 태어나게 해서는 안 된다는 내 생각에는 변함이 없었다.

의사의 대답은 황당했다. 남자의 생식 호르몬 생산이 정상이고, 성기가 발기되어 여자 생식기에 삽입이 가능하면 배란이 있는 한 아이를 잉태할 수 있다고 했다. 일단 임신이 되면 아기는 엄마의 자궁에서 자라고, 현대 의술로 아기가 태어나는 데는 아무 문제가 없다고 했다. 이런 답답한 이야기를 들으러 온 것은 아니었다. 그 정도 지식은 성인이면 누구나 알고 있다. 사실, 난쟁이도 아이를 낳을 수 있는지가 문제의 핵심이었다. 그런데도 차마 그 말을 입 밖으로 뱉어내지 못했다. 차라리 자위라도 시켜볼까? 그런다고 생식능력을 알 수 있을 것 같지 않았다.

칠석의 정관수술을 생각했다. 80년대 초반 정관수술을 받으면, 예비군 훈련을 받지 않아도 되었던 시절이 있었다. 나도 경험했던 수술이었다. 삼십 분이면 충분했다. 그러면 적어도 난쟁이 조카는 태어나지 않는다. 그리고 성생활에도 문제가 없다. 가장 합리적인 방법이 아닌가.

도로 맞은편 건물 삼 층에 비뇨기과가 보였다. 무작정 병원을 들어섰다. 다리가 후들거렸다. 간호사와 눈길이 마주쳤다. 그녀의 강렬한 눈빛은 이기심 가득한 정신질환자를 쳐다보듯 비아냥거리는 것만 같았다. 나는 정신없이 병원을 뛰쳐나왔다.

차량에 부딪힌 발걸음소리가 파열음을 내며 내 귀를 들쑤셨다. 길을 가던 사람들이 나를 쳐다보았다. 얼굴이 화끈거렸다. 맥주라도 한잔 마셨으면.

맥주잔에 거품이 넘쳐흘렀다. 그리고 거품이 터지기 시작
했다. 탁탁탁, 거품 터지는 소리가 요란스럽게 들려왔다. 유
리잔을 타고 넘던 액체는 거품 만들기를 반복하더니 거품알
갱이에 꼬리가 생겨났다. 꼬리를 단 거품은 이윽고 정충으
로 변했다. 이놈은 맥주잔을 유린하더니 기하급수적으로 늘
어났다. 그리고 요도를 따라 난소를 향해 빠르게 헤엄치고
있었다.

칠석의 혼인은 시골집에서 간단하게 치렀다. 그냥 물 한
그릇 떠놓고 맞절만 하는 형식적인 결혼식이었다. 아무도
초대하지 않은 잔치였다. 초대하지 않아도 소문은 금방 나
겠지만. 노인은 소문 따위에는 관심이 없었다. 또 그 소문이
노인에게 도움을 주지 않는다는 것도, 칠석을 키우던 수많
은 세월 동안 터득했을 것이다. 이유야 어찌 됐던, 나는 칠
석의 결혼을 축하할 수가 없었다. 적어도 눈앞에서 어른거
리는 난쟁이 제수를 마음 편하게 볼 자신이 없었다.

오래전에 읽었던 부초라는 소설이 생각났다. 주인공 난쟁
이는 곡마단을 따라다니는 어릿광대였다. 그는 어떤 여인을

사랑했고 사랑하는 여인과의 정사 장면은 아직도 뇌리에 선명하게 남아 있다. 난쟁이 주인공이 여인의 목에 수건을 걸어 앞으로 잡아당기면서 정사하는 장면이 있었다. 적어도, 그들의 사랑에 작은 키가 문젯거리가 되지는 않았다. 아이를 낳았는지는 알 수 없지만……. 그렇다고 칠석 혼사에 참석하지 않을 수는 없었다. 큰아들이라는 굴레를 벗어날 수 있는 용기도 나에게는 없었다.

"칠석아 머 하노? 각시에게 절 두 번 해야지."

담장 너머로 노인의 목소리가 흘러나왔다. 노인이 칠석에 초례의식을 시키고 있었다.

신부 옆에는 그녀의 어머니가 보였다. 얼른 보아 나이가 많아 보이지 않았는데도 이마의 주름은 그녀의 삶도 평탄하지 않았음을 짐작하게 했다. 그 옆에 나란히 서 있는 검은 재킷에 붉은색 넥타이를 맨 사십 대 중년은 신부의 오빠처럼 보였다. 그의 어머니에 비해 반듯한 차림이어도 얼굴에 드리워진 그림자는 장애인 가족이라는 것을 쉽게 알 수 있었다.

나는 그녀를 낳고 화병으로 죽었다는 신부의 아버지를 생각해 봤다. 그의 충격은 엄청났을 것이다. 그 충격을 견디기에 그녀의 아버지는 너무 젊었을 것이다. 검게 타들어 가는 심장을 그는 스스로 멈추어 버렸을지도 몰랐다.

신부 이마에 족두리가 아슬아슬하게 매달려 있었다. 한삼에 가려진 얼굴 윤곽, 튀어나온 이마, 어른 겨드랑에 닿을 듯한 키, 그녀가 난쟁이라는 것을 금방 알 수 있었다.

신랑 신부가 맞절하자 암탉이 놀랐는지 후닥닥 혼례상을 뒤집어 놓았다. 폐백을 할 모양인지 칠석은 신부를 부축해 안방으로 들어가고 있었다. 칠석은 힘겨워 보여도, 귀에 걸린 입은 연신 싱글거리고 있었다. 나는 환히 웃는 칠석을 처음 보았다.

칠석부부는 안방과 맞붙은 작은방에 신접살림을 꾸렸다. 안방과는 벽 하나로 구분돼 있어 소리를 조금만 크게 내도 안방에서 충분히 들을 수 있었다. 점례가 부엌을 드나들기 위해서는 마루를 거쳐 축담으로 내려가야 했다. 축담에서 마루까지 높이도 꽤 됐지만, 축담에서 마당으로 내려가는 것 또한 만만치 않았다. 노인과 칠석에게는 높지 않아도 점례가 오르내리기에는 쉽지 않은 높이라서 칠석이 늘 점례 곁에서 도와주어야 했다.

점례의 시골집 적응은 노인이 생각했던 것보다는 훨씬 어려웠다. 칠석은 혼례 후 점례 시중드는 일이 거의 일과가 되다시피 했다. 그러다 보니 농사일이 뒷전이 돼버린 칠석에게 노인은 짜증을 내기 시작했다. 그럴 때면 칠석은 이러지도 저러지도 못한 채 어정쩡하게 서 있었다.

칠석이 지적장애가 있어도 신체는 건강하여 농사일 하는 데는 문제가 없었다. 농사일이란 게 머리 쓰는 일은 그리 많지 않다. 설혹 머리 쓰는 일은 있어도 노인이 하면 그만이었다. 그렇지만, 칠석의 도움 없이 노인 혼자 농사일을 한다는 것은 상상할 수 없었다.

마을에서 멀리 떨어진 산골 논에 일하는 횟수가 잦아지면서 노인과 칠석이 집을 비우는 일이 많아졌다. 칠석의 점례 시중은 소홀해질 수밖에 없었다. 그녀가 혼자 방에서 마루를 내려와 마당까지 움직인다는 것은 거의 불가능해 누군가의 도움을 받아야 했다. 집 앞을 지나가는 마을 사람들을 불러 가끔 도움을 받기도 했는데, 그녀에게 도움을 주기 위해 기다리고 있는 사람은 없었다.

한여름 더위에 시골 작은방의 열기는 후텁지근했다. 점례는 혼자서 마당을 내려온다는 생각은 감히 엄두도 내지 못했다. 식사라면 노인이 외출하기 전에 준비해 둔다지만, 용변은 그럴 수도 없었다. 노인이 볏단을 묶어 마루 아래에 두어 디딤돌로 사용하기도 했는데, 그녀가 몇 번 뒹구는 것을 보고는 아예 없애버렸다. 노인은 농사일만으로도 바쁜데 점례마저 다치게 되면 낭패라 생각했다. 그 이후로 점례는 용변을 볼 때마다 지나가는 사람에게 도움을 청해야 했다.

날씨가 더워지면서 그녀는 저고리를 벗은 채로 지나가는 사람에게 용변을 부탁하는 경우가 더러 있었다. 그러나 지나가는 사람이 비단 여자들뿐이겠는가.

마을 사람들 사이에서 칠석이 '고자' 라는 소문이 나돌았다. 노인은 속이 상했지만, 소문을 믿지 않았다. 그리고 칠석이 사내 구실을 할 거라고 굳게 믿었다. 하지만, 칠석은 점례의 하얀 속살에 전혀 관심이 없어 보였다. 칠석이 그녀의 손을 꼭 쥐고 있는 모습만 노인의 눈에 띌 뿐 그들이 부부 행위를 하는 기미는 보이지 않았다. 정말 점례가 외간 남정네와 통정이라도 하면 어떻게 하지. 소문이 사실이라면 지금까지 쌓아온 노인의 노력은 허사가 될 수도 있었다.

노인은 칠석부부를 관찰하기 시작했다. 그러나 점례의 치근덕거리는 소리만 간혹 들려올 뿐 부부 행위의 낌새는 보이지 않았다. 칠석이 남자 구실을 충분히 할 수 있을 거라고 믿었던 노인은 조바심이 났다.

점례를 불러 칠석과 부부관계를 꼬치꼬치 캐물었다. 그러나 그녀는 대꾸는커녕 입조차 꾹 다물고 있었다. 노인은 복장이 터질 일이었다.

식사 준비는 노인 몫이 되어버렸다. 부엌 출입조차 할 수 없는 위인을 며느리로 들였으니, 그것도 큰아들을 반 강제하다시피 치러낸 혼사여서 누구에게 탓할 수도 없었다.

아침을 짓기 위해 아궁이에 불을 지폈다. 어쩐 일인지 불은 잘 붙지 않았다. 굴뚝으로 빠져나가야 할 연기가 부엌으로 되레 나왔다. 노인은 불길한 예감에 얼굴이 일그러졌다. 예전에도 연기가 거꾸로 나오는 경우가 있었는데 그때마다 나쁜 일이 발생했던 불길한 예감. 금방이라도 무슨 일이 일어날 것만 같은 불안감에 노인은 안절부절 했다.

노인의 남편이 죽기 전에도 그랬다. 이른 아침 물꼬를 보러 갔던 노인의 남편이 점심나절에 주검이 되어 돌아왔던 기억이 아직도 생생하다. 그날도 굴뚝으로 나가야 할 연기가 아궁이로 나왔다. 그리고는 부엌을 매캐하게 가득 채웠다.

노인은 나쁜 기억을 지워버리려고 애써 무쇠 솥뚜껑을 밀어 올리는 세찬 증기에 집중했다.

"야들아 아직(아침) 묵자."

점례가 아장거리며 안방으로 건너와 밥상에 수저를 놓았다. 노인과 칠석도 밥상에 둘러앉았다. 알맞게 뜸이 든 밥에서 올라오는 수증기는 밥맛을 불러일으키기에 충분했다.

"우웩, 웩."

점례는 갑자기 헛구역질했다. 저녁을 먹은 게 소화도 되질 않고 위장이 더부룩한 게 속이 뒤집힐 것 같았다. 뽀얗게 김 서린 밥을 먹고 싶기는 한데 도대체 구역질이 나서 먹을 엄두도 내지 못했다. 그녀는 결국 아침 먹는 것을 포기하고 말았다. 시어머니가 지어준 식사라 미안했다. 메슥거리는 위장도 그랬고, 더군다나 헛구역질에는 점례도 할 말을 잃었다. 아침을 먹지 않았는데도 속은 가라앉지 않았다.

점례가 식사를 못 하자 칠석은 조바심이 나는 모양이었다. 무슨 말을 하고 싶었던지 노인을 쳐다보며 우물거렸다. 결국, 말을 만들지 못해도 노인에 대한 불만인 것만은 확실하게 표현하고 있었다.

노인은 아무 말 하지 않아도 점례의 헛구역질에 대해 생각하고 있었다. 임신한 건가. 노인은 칠석의 불만 어린 표정을 물끄러미 바라보았다. 그리고 칠석이 자리를 비운 사이 노인은 점례를 다그쳤다.

"니 임신 했제?"

점례는 도리질을 하며 아니라고 했다. 하기는 노인도 그녀의 임신이 믿어지지 않았다. 밤마다 신경을 곤두세우며 지켜본 칠석의 부부 행위는 한 번도 감지된 적이 없었기 때문이었다. 설사 임신을 했다손 치더라도 칠석의 아이는 분명 아닐 거라는 확신이 들었다.

점례는 키가 작을 뿐이지 그녀의 모든 생리는 정상이었다. 그런 그녀가 밤마다 칠석부부의 행동을 기웃거리는 노인의 행동을 모를 리 없었다. 모든 것에 대하여 조심에 조심했다. 한 달 전 마을 이장이 다녀갔을 때는 생리가 없을 때였고, 우편 배달하는 아랫마을 노총각이 왔을 때도 별문제가 없었다. 그리고 그녀의 생리는 늘 불규칙했고 시집오기 전 산부인과에 들렀을 때도 임신은 거의 불가능하다고 의사가 말했던 적이 있어 임신일 리 없다고 생각했다.

그런데 점례의 헛구역질은 눈에 띄게 횟수가 늘어가고 있었다. 노인은 더는 그냥 두고 볼 일이 아니라는 생각이 들었다. 혹시 임신이라면 어떻게 해야 할지 머리가 복잡했다.

점례에게 다짐이라도 받을 요량으로 노인은 그녀를 다그

쳤다.

"너, 이년! 어떤 놈 알라(아기)고, 바로 대라."

"어머님, 저 임신 아니예요."

노인은 점례를 어르고 달래도 보았지만, 점례는 그런 일 없다고 잡아뗐다. 독이 오른 노인은 서슬 퍼렇게 그녀를 닦달했다. 그녀는 결코 아니라고 울면서 대답해도 노인은 점례의 말을 믿지 않았다.

"이년! 그래도 거짓말을 하고 있어, 내가 다 알고 있는데도 거짓말할 낀가, 이런 화냥년이 서방 나 노코 외간남정네를 집으로 끌어들여!"

여지없이 뱉어내는 노인의 독설에 점례는 어쩔 줄 몰라 하며 울기만 했다. 들썩거리는 점례의 작은 어깨가 유난히 더 작아 보였다.

칠석의 아이가 아니라는 확신을 한 노인은 기가 찼다. 점례에게 마구 패악질을 해댔지만, 노인은 분을 삭이지 못해 쩔쩔맸다. 노인은 점례가 마을 남정네들에게 도움 받는 것을 몹시 싫어했다. 그녀의 하얀 속살과 작은 몸뚱이는 남정네를 유혹하기에는 충분하다는 것을 같은 여자인 노인은 육감으로 알고 있었다. 건강한 여인이 욕정을 삭히기에는 너무 젊지 않은가.

농사일로 집을 자주 비워야 하는 노인은 점례에게 수없이 다짐을 받았지만, 먹으면 배설해야 하는 인간의 본능을 다짐만으로 해결될 일은 아니었다.

어디 마을에 남정네가 한둘이던가.

부산역에 도착한다는 승무원의 목소리가 스피커의 판막을 진동시켰다. 부산항에 정박한 화물선 돛대가 열차 창문으로 다가왔다. 뿌연 스모그가 항구 구석구석을 파고들어 비릿한 바닷바람이 코끝에서 산화되었다. 후텁지근한 바람이 택시 안으로 빨려 들어와 온몸이 끈적거렸다.

검은 옷을 입은 사람들이 영안실을 들락거리고 있었다.

[영안실 207호, 고인 김점례, 상주 정칠석]

칠석 혼자 영안실을 뻘쭘하게 서성대고 있었다. 검은 리본을 치장한 점례의 영정사진이 흐릿하게 정면으로 보고 있었고, 흰색 국화가 초상화 양옆 좌대에 놓여 있었다. 누군가가 다녀갔는지 향불이 두어 가닥 피어오르고 있었다.

"큰아 왔나?"

무심코 망자의 영전을 바라보다가 등 뒤에서 부르는 노인의 목소리에 얼굴을 돌렸다. 사실 나는 이 불편한 자리를 어떻게든 피해야겠다는 생각을 하고 있었던 터라 노인의 출현이 반가웠다.

"야―아 어무이."

나는 무슨 말부터 해야 할지 생각이 떠오르지 않았다.

"우찌된 깁니꺼."

"지년이 마, 농약 처묵고 죽어뿟다 아이가, 미친년!"

희끗희끗한 머리카락 몇 올이 이마에 걸쳐져 노인의 깡마른 체구는 더욱 왜소하게 보였다. 노인은 입술을 꽉 다물고 있었다. 그래도 큰아들의 출현이 위안은 되는 모양이었다.

검은 정장에 흰 리본을 가슴에 단 사람이 다가왔다. 어디서 본 듯한 얼굴이다.

"저 혹시 사형 아니신지?"

조심스럽게 말을 붙여왔다.

"네, 뉘신지……."

"저 고인 오라비 되는 사람입니다."

무슨 말을 해야 할까.

"어쩌다가……."

"예, 운명이겠지요."

제수씨의 오빠는 칠석 결혼식 날 잠시 인사한 적이 있었다. 아주 잠깐 얼굴만 스쳤는데도 나를 기억하는 그의 기억력에 새삼 놀랍다는 생각을 했다. 가족이라는 집착 때문은 아닐까. 더운 열기가 얼굴에 확 뿌려졌다.

사람이 죽었다. 더는 무엇을 말할 수 있겠는가. 하지만, 나는 오히려 마음을 단단히 먹었다. 적어도 난쟁이 조카는 볼일이 없어졌다. 더 큰 일은 없어야 한다. 얼마나 다행한 일인가. 나는 이 거북한 분위기를 벗어나고 싶었다. 약간 떨어진 곳에서 노인의 초췌한 모습이 보였다.

"정칠봉 씨 되시나요?"

투박한 경상도 억양이 등 뒤에서 들려왔다. 나를 부른 사람은 반백 머리에 구릿빛 얼굴을 하고 있었다.

"예 그렇습니다만…."

"동래경찰서 이형철 형산데요, 잠시 뵙죠."

전화했던 이형철 형사였다. 전화로 들은 목소리보다 훨씬 나이 들어 보였다.

나는 그를 따라 영안실 밖으로 나와 병원 앞 도로 건너편

벤치에 앉았다. 많은 사람이 분주히 영안실을 드나들고 있었다.

수많은 주검이 떠나가고 다시 채워지고 있었다.

"잘 아시겠지만, 자살이라고 하는데, 저는 뭔가 있다고 생각합니다."

"무슨 뜻잉교? 자살이면 자살이지 뭔가 있다는 기 무신 말잉교? 이해할 수가 엄심더."

나는 본능적으로 노인을 방어하고 있었다.

이 형사는 잠시 머뭇거리더니 이야기를 끄집어낸다.

"오해는 하지 말고 들어 보이소. 고인이 직접 농약을 먹은 것은 사실인 듯하지만, 농약을 먹은 과정은 조사를 좀 해봐야 할 것 같아서요."

이 형사의 몽고주름이 빠르게 좌우로 움직였다. 그들만이 가지고 있는 동물적인 감각일 게다.

"왜냐하면, 고인이 임신하고 있었거든요."

부검한 모양이었다. 그때 상황을 본 것도 아니고 내가 할 수 있는 대답은 아무것도 없었다.

이 형사는 계속 말을 이었다.

"그 할망구가 얼매나 구박을 했는지 안 봐도 다 아는 거

아잉교"

　점례의 자살은 순전히 노인의 구박이 원인이었다고 확신을 하는 것 같았다. 누가 이 형사에게 진술했는지는 대충 짐작이 갔다. 내가 칠석에게 그랬던 것처럼 고인의 오빠도 난쟁이 동생이 무척 싫고 창피했겠지만, 가족이라는 그 무서운 핏줄을 팽개칠 수는 없었을 거였다.

　사인은 자살이라는 결론이 났다. 시어머니가 구박은 했어도, 점례가 농약을 먹을 때 노인과 칠석은 산골 논에 일하고 있었다는 알리바이를 마을 이장이 증명해 줬다고 했다.

　나는 잘게 바순 점례의 분골을 칠석과 함께 마을 뒷산에 뿌렸다. 분골은 풀잎을 하얗게 채색하고 있었다. 한 줄기 바람이면, 금세 푸른빛으로 돌아올 걸, 삶과 죽음의 차이일 게다. 삶과 죽음에 대한 의미를 칠석이 알겠느냐마는 칠석의 표정도 밝지는 않았다.

　질경이는 길가에 자라나서 수많은 사람에게 짓밟혀도 다음해에 여전히 새싹이 돋아난다. 종족 보존을 해야 한다는 그들만의 DNA 탓이리라.

　"야들아 가자."

노인의 칼칼한 목소리가 들려왔다.

스산한 바람이 귓전을 스쳤다. 칠석에게 미안한 일이어도 나는 빨리 이곳을 벗어나고 싶었다. 그러나 그 잘난 DNA 탓일까 나는 서울로 가지 못했다.

오랜만에 칠석과 한방에서 잠을 청했다. 지난 일들이 주마등처럼 들락거려 밤새 엎치락뒤치락하다가 새벽녘에 잠이 들었다. 그런데, 규칙적인 움직임에 나는 잠을 깼다. 칠석이 등을 돌린 채로 자위를 하고 있었다.

다음 날 아침, 칠석은 외양간에서 소를 몰고 아무도 알아들을 수 없는 노래를 흥얼거리며 집을 나서고 있었다. 아내의 죽음 따위는 이미 잊은 듯이.

나는 엇모리장단에 춤을 추었다.

'덩 덕쿵 쿵 덕쿵 덩 덕쿵 쿵 덕쿵~~'

두 팔은 어깨 높이로, 손바닥은 반쯤 뒤집어 땅을 보고 검지는 사선으로 하늘을 향해 가리켰다. 염라대왕에게 머리를 조아리고 눈은 땅을 보고, 어허! 몸과 마음은 흩어졌다 모이기를 반복하며 엇모리장단에 몸을 실었다.

작품해설

잘 익은 열정이 빚어낸 이야기들
– 최희영 창작집 「엇모리」를 읽으며 –

이 병 렬 (소설가 · 문학박사)

I

작가 최희영을 처음 만난 것은, 2009년 당시 부천대학 민충환 교수의 소개로 경기도 부천의 복사골문학회 소모임인 '주부토'에 지도교수 자격으로 참여하면서이다. 기성 작가와 신인 작가 그리고 소설을 쓰고자 하는 일반 회원들이 한 달에 한 번, 자신들의 작품을 들고 와 윤독을 한 후 토론을 거쳐 한 편의 소설을 완성해가는, 일종의 소설창작 모임이었다. 마침 우석대학교 문예창작과에서 소설창작을 강의하던 때였는데, 참여자의 작품을 읽고 토론하는 과정을 지켜보면서 유난히 눈에 뜨이는 사람이 몇 있었다. 그 중 한 사람이 최희영이었다.

그때 처음 읽은 작품이 이 창작집의 표제작인 「엇모리」였는데, 군데군데 미숙한 부분이 눈에 뜨였으나 습작품이 이정도면 내공이 깊겠구나 생각했다. 그런데 처음 쓴 작품이라고 하여 필자를 놀래켰다. 나중에 알고 보니 그는 이미 문예지에 시가 당선되었고, 『장미와 할아버지』라는 시집까지 상재한 시인이었다.

그런데 필자를 더욱 놀라게 한 것은 그의 직업이었다. 바로 공대출신에 그 분야 석사학위를 소지했고 국내 굴지의 건설회사 해외사업부에 중견 간부로 재직하면서 해외출장이 잦은 사람. 그런 사람이 소설을 쓴다? 그러나 이러한 필자의 고정관념 혹은 편견이 무너지는 데에는 얼마 지나지 않았다. 시로는 다 하지 못하는 이야기들을 풀어내고파 하는 그 열정은 이후 들고 오는 작품에 그대로 나타났다. 그로부터 몇 년 간 그가 들고 온, 그리고 이 창작집에 수록된 작품 초고를 다 읽었다.

그의 습작들을 읽으며 참으로 안타까웠던 것은, 작품 한 편 한 편 대부분이 일정한 수준에 오른 작품들이지만, 게다가 그가 응모한 여러 공모전에서 분명 꾸준히 최종심에는 오르는 저력을 보였지만, 신춘문예나 신인작가 모집처럼 한 편만을 뽑을 경우 당선작 혹은 대상을 받을 만한 작품은 아니라는 사실이었다. 이런 평가를 전하며 필자는 구성과 묘사를 강조하고 그만의 독특함이나 참신함이 드러나는 작품을 주문했다.

사실 마음 같아서는 두 가지 이유에서 어서 빨리 작가라는 이름을 걸어주고 싶었다. 우선은, 그때까지 보여준 열정과 필자와는 갑장인 그의 나이를 생각했기 때문이었다. 그러나 그는 기다릴 줄 알았다. 환갑을 넘기면서도 전혀 급하지 않았고, '주부토'의 합평에 꾸준히 참여하고 외국에 출장을 가서도 틈을 내어 작품을 보냈다. 그렇게 그저 조용히 소설쓰기에 대한 열정을 보였다.

다음으로, 그가 가져온 작품들은 하나같이 수준작이었기 때문이었다. 이야기를 풀어내는 힘도 그렇고 구성이나 묘사도 작가로서의 필력이 보였다. 월간이나 계간 문예지에 실린 기성 작가들의 작품과 견주어 손색이 없었다. 다만, 최우수작은 아니라는 것 – 그것이 문제였다.

그렇다고 내가 직접 빨간 줄을 그으며 수정해 줄 수는 없는 일이었다. 그렇게 될 경우 오히려 그를 망치는 결과를 가져온다는 것을 잘 알기 때문이었다. 소박하게 내 느낌을 전하며 이러저러한 것이 바뀌면 어떨까 하고 필자 나름의 의견을 제시했을 뿐이었다. 그는 묵묵히 다음 작품을 가져왔고, 그리고는 예전의 작품을 수정하여 들고 왔다. 만남이 거듭될수록 구성과 묘사의 수준은 점점 높아졌고, 읽기에도 부드러운 문장이었음은 두말할 나위가 없다. 게다가 필자가 말하지 않은 부분도 이미 그만의 색깔로 만들어가기 시작했다.

그리고 2016년. 진갑을 맞은 그에게 두 군데에서 공식적으로 '작가' 란 이름을 주었다. 단편 「엇모리」가 계간 『한국작가』의 신인상을 받게 된 것이고, 단편 「겨울여행」으로 '제37회 근로자 문학제' 에서 소설부문 동상을 수상한 것이다.

바로 그의 나이만큼 잘 익은, 그의 소설에 대한 열정이 풀어낸 이야기들이기에 가능했던 것이 아닐까. 늦은 등단이 아니라 익을 대로 익었기에 어디에 내어놓아도 부끄럽지 않은 작품을 만들어낸 것이라 믿는다.

II

최희영 시집 『장미와 할아버지』

최희영은 시로 출발했다. 공학도인 그
이지만, 그에게 시는 자신의 상념을 글
로 풀어내는 수단이었다. 그리고 그 상
념들은 거개가 그만의 시선으로 풀어낸 이야기였다. 즉, 다
른 사람들과는 다른 시각으로 사물의 본질을 파악하고 그
이면까지 꿰뚫어 거기에 자신만의 상상력을 동원하여 이야
기를 만들어내는 것이다.

어릿한 별빛

어둠을 밀어내고

밤마다 임 그리며

가슴앓이 하다가

아침 이슬에

가슴 접는다

「달맞이꽃」이란 그의 시이다. 달맞이꽃은 저녁 무렵 달이 뜨면 활짝 피었다가 아침이면 꽃잎을 닫아버린다. 그러니 낮에는 달맞이꽃이 활짝 피어 있는 것을 볼 수가 없다. 시인은 달맞이꽃의 그런 특성을 잘 간파하고 있다. 그런데 달을 향해 피는 것을 '가슴앓이'로, 그리고 아침이면 입을 다무는 모습을 '가슴 접는다'라며 자신만의 언어로 표현한다.

그런 상상력은 시집의 표제작인 「장미와 할아버지」에 이르면 이미 소설가적 기질까지 보여준다. 뒷주머니에 장미를 꽂은 할아버지를 보며 시인은 "오래 전, 찔레꽃 하얀 향기에 입 맞추던 소녀의 비릿한 내음, 심장의 한쪽 방으로 숨어들어 전신을 마비시켜 백치가 되어 퇴색하는 추억으로 남았던……"이란 이야기를 만들어 낸다.

장미와 할아버지 — 전혀 어울릴 것 같지 않은 소재라 할 것이지만, 최희영은 할아버지의 젊었던 시절을 만들어 내고, 거기에 할아버지의 추억을 담아낸다. 그 추억이 환치된 것이 바로 지금 할아버지 뒷주머니에 있는 장미가 된다. 즉, 두 사물을 긴밀하게 연결시키는 이야기를 만들어 낸 것이다. 시를 쓰면서도 그는 이미 소설가였던 것이다.

III

　'글이 곧 작가' 라고들 한다. 글 속에는 그 글을 쓴 사람의 삶이 고스란히 담겨있다는 말이다. 이는 소설가와 작품의 관계를 설명할 때 자주 인용되기도 한다. 시는 흔히 '영감' 이란 것이 많이 작용을 하지만, 소설은 주로 현실의 삶의 모습을 그리기 때문이다.

　실제 소설에는 그 소설을 쓴 사람의 삶이 많이 드러난다. '사소설' 이라 불리는 경우에는 소설가의 삶이 플롯이란 이름으로 엮여져 그대로 한 편의 소설이 되기도 한다. 그렇기에 소설을 읽으면 그 소설을 쓴 사람의 모습이 그려진다.

　최희영이라고 예외가 아니다. 이 창작집에 수록된 그의 단편 여덟 편에는 작가 최희영이 그간 보고 듣고 몸으로 겪었던 많은 일들이 소재로 활용된다. 중요한 것은 단순한 경험의 나열이 아니라 그 경험 밑바탕에 깔려 있는 현실인식의 수준이 작가 최희영의 삶의 모습과 함께 그대로 드러난다는 것이다.

근로자 문학제 수상작인 「겨울여행」을 보자.

말이 겨울 '여행' 이지 자살하러 가는 이야기이다. 기러기
부부 – 미국으로 유학을 간 딸과 동행한 아내, 혼자 남겨진
중년의 남자. 사회면을 장식한 여러 사건을 통해 충분히 짐
작할 수 있는, 뻔한 이야기이다. 딸은 대학을 나와 미국 현
지에 적응하여 귀국을 않고 아내는 현지 남자와 외도를 한
다. 그리고 갑자기 다가온 이혼.

그러나 이 뻔한 이야기를 작가는 아주 차분하게 그려낸
다. 사실 뻔한 것이기에, 결말을 알고 있기에 책장을 덮어버
릴 수도 있지만, 책장을 덮지 않고 계속 읽게 하는 것은 바로
작가가 지닌 흡입력이다. 독자는 뻔한 줄 알면서도 끝까지
읽을 수밖에 없다.

자신이 퇴출시킨 부장, 그리고 똑같이 후배에게 밀려 퇴
출당하는 자신. 그 과정이 실제 겪어보지 않고는 알 수 없는
세세한 회사원들의 삶의 모습으로 그려지고, 이어 아내와
딸을 위한 그의 무던한 노력이 더해지며 결국 열어놓은 창

때문에 이혼서류가 날리고 소설은 차량사고와 함께 음독자살이란 결말을 향해 치닫는다.

> 바람이 불었다. 거실 커튼이 춤을 추고 있었다. 테이블에 있던 이혼서류가 날아올랐다. 글자들이 하나씩 뽑혀 내 눈앞에서 흩어졌다. 어머니의 화난 모습도 보였다. 죄송하다는 말을 하고 싶었으나 할 수가 없었다. 가슴이 죄어왔다. 목이 말랐다. 입술에 침을 발랐다. 까칠했다. 목줄을 뜯어내고 싶었다. 손가락이 더는 움직이지를 않았다. 눈꺼풀이 자꾸만 내려왔다.
>
> 차창 밖을 바라보았다. 하얀 눈이 온통 나에게 달려들었다. 시야가 점점 좁아져 하얀 점으로 변해가고 있었다. 눈송이가 하나둘씩 빛을 내기 시작했다. 나는 그 빛을 따라가기로 마음먹었다.
>
> ―「겨울여행」에서

「겨울여행」의 마지막 장면이다. 전후 문학의 큰 수확이라는 평가를 받는 오상원의 단편 「유예」의 마지막 부분을 연상시킨다. 오상원은 의식의 흐름 기법으로 죽어가는, 의식이 점점 사라지는 모습을 그렸다면, '가슴이 죄어왔다. 목이 말랐다. 입술에 침을 발랐다. 까칠했다. 목줄을 뜯어내고 싶었다. 손가락이 더는 움직이지를 않았다. 눈꺼풀이 자꾸만 내려왔다'에서 보듯이 최희영은 짧은 문장으로, 숨가쁘게 전개되는 그간의 일들과 현재의 일들을 교차하며 점점 의식을 잃는, 죽어가는 모습을 그려낸다.

중년에 퇴출당한 회사원 그리고 기러기부부 — 작가 최희영이 건설회사에 재직하며 익히 듣고 본 경험들이 고스란히 녹아있다 할 것이다. 뻔한 이야기라는 것을 알고 있음에도 계속 읽게 만드는 것은 소설 문장의 힘이다. 도입부와 결말이 곧바로 이어지며 중간에 그간의 사건들이 전개되는 역순행 구성이지만, 전혀 어색하지 않다. 마치 눈 앞에 펼쳐지는 사건을 그대로 따라가는 듯한 느낌, 바로 문장이 그렇게 만들고 있는 것이다.

뻔한 이야기라는 것은 「꿈꾸는 달팽이」도 마찬가지이다. 농촌에 홀로 사는 칠순 노인 집에 마을 공사판 소장이라는 중년 남자가 묵게 된다. 붙임성 있는 그에게 시나브로 남자를 느끼게 되는 노인. 성실하고 살가운 한 소장의 어려운 사정을 알고는 선뜻 도와주기로 한다. 논을 담보로 농협에서 대출을 받아 그에게 빌려주는 것이다. 이 대목에서 독자들은 짐작한다. 한 소장이 줄행랑을 칠 것이라는 사실을. 소설도 그렇게 이어진다.

이 작품의 장점은 나이 차가 많이 나는 중년의 남성을 바라보는 칠순 여인네의 감정들을 참 아름답게 그리고 있는 부분이다. 남자인 작가는 이렇게 나이든 여인네의 감성까지 들여다보는 것이다.

딸은 어이없다는 표정으로 나를 바라보았다.

내가 한 소장 셔츠를 다림질하거나 식사 준비를 할 때 이유를 꼬치꼬치 캐묻는 딸이 마음에 들지 않았다. 비위가 상했다. 제 아비 생전에 하지 않던 짓을 하고 있으니 못마땅할 수도 있겠으나 그래도 지나치다는 생각에서였다.

"시골에서 돈 벌기가 그리 쉽더냐!"

나는 딸에게 퉁명스럽게 한마디 던졌다. 제 년은 명절 때 한두 번, 그것도 고작 일이십만 원으로 생색을 내면서. 월세 삼십만 원이 적은 돈인가, 딸은 돈이란 말에 더는 말하지 않았다.

남정네와 한집에서 기거하는 게 무엇이 문젠가. 딸이 어이없어하는 표정을 힐끗 보았다. 마치 내가 한 소장과 바람이라도 난 것 같이 얼빠진 표정을 짓고 있었다.

'미친년!'

한 소장의 밝은 미소가 오버랩 되었다. 그런데 한 소장이 나를 바라보는 눈빛도 가끔은 달라 보이기도 했다. 그럴 때마다 나는 가슴이 쿵쾅거리며 얼굴은 붉어졌다.

—「꿈꾸는 달팽이」에서

애정소설의 한 장면을 보는 듯한 느낌이 드는 것은, 칠순 노인의 감정이 여실하게, 아니 애틋하게 잘 그려졌기 때문이다. 하긴 사랑에 나이가 뭔 상관이겠는가. 작가는 이렇게 전혀 다른 인물의 심리까지도 여실하게 표현해 낸다.

이 작품은 특히 결말처리가 돋보인다.

"어무이, 지가 한 소장을 수소문해 봤는데요, 시골에서 부인과 함께 병 치료하고 있는 중이라 카데에."

아무 말도 나는 하지 않았다.

아들은 이야기를 계속했다.

"농협에서 이자를 내라는 통지서가 왔는데요?"

역시 아무 말도 나는 하지 않았다.

"지가 냈심더."

아들이 한없이 고마웠다. 나는 아들에게 조용히 말했다.

"그 돈 고마 잊었뿌라."

"야, 그라겠심더."

채마밭으로 가는 작은 비탈길에 햇살은 따사로웠다. 이리저리 뉘인 낙엽 사이로 달팽이 한 마리가 잘려나간 더듬이를 곧추세우고 햇살을 피하려 애쓰고 있었다.

찬바람이 싸~아 불어왔다.

—「꿈꾸는 달팽이」에서

단편소설의 완성자라는 이태준의 소설 마지막 결말부분

을 연상시키는 이러한 처리는 「꿈꾸는 달팽이」라는 제목과 어우러져 노년의 외사랑과 그 상처로 끝나는 이야기를 더 애틋하게 만든다.

「기도」는 치매 노인의 심리를 잘 그려낸 수작이다. 아내와 간병인을 구분하지 못할 정도의 치매 노인의 눈에 비친 병실의 모습이 마치 정상인의 눈으로 보는 듯한 착각을 일으킨다. 그렇기에 읽을수록 무슨 이야기일지 궁금해하며 결말을 예측할 수가 없다. 그러니 끝까지 읽고 나서야 아, 이런 이야기였구나, 하면서 다시 소설로 되돌아가 치매 노인을 생각하게 된다.

「순덕이」는 노사분규를 바탕에 깔고 열사 칭호를 받는 민혁의 죽음과 그의 사실혼관계 아내인 순덕의 삶을 그려내고 있다.

검은 리본을 단장한 검은색 리무진을 따르는 무리의 외침은 진주 시청 광장을 가득 메웠다. 죽은 자를 위한 것인가,

산자를 위한 것인가. 산자라면 누군가. 동료의 주검을 둘러메고 시청 광장에 모인 수많은 사람을 위한 것인가. 정작 가장 안타까워야 할 아내와 자식 그리고 가족을 위한 것인가. 무엇이란 말인가. 어쭙잖은 몇몇 애도문과 몇 푼의 위로금이 죽은 자를 살려내기라도 한다는 말인가. 야단들이다. 차라리 미쳤다. 저들이 언제 저렇게 열정적이었던가. 민혁을 자살로 몰고 간 게 월급을 떼어먹은 한창여객 사장만이라고 말할 수 있는가. 그를 죽음으로 몰고 간 동료의 함성, 몇 푼 되지도 않은 적금통장을 해약하면서 손을 부들부들 떨었던 순덕 자신일 수도 있다는 생각에 그녀는 초라해 견딜 수가 없었다. 광장에 모인 사람들 모두 공범일지도 몰랐다.

— 「순덕이」에서

위의 인용에서 보듯이 작가는 우리 사회에서 볼 수 있는 노사분규의 실체, 그리고 투쟁의 이면과 허위의식들을 은근히 고발한다. 그러나 결코 흔히 말하는 노동자 농민의 세상을 외치는 진보 성향의 문학으로 나아가지는 않는다.

노사 분규의 현실을 그대로 다루면서도 작가의 시선은 사회의 그러한 문제보다는 오히려 한 여인의 끝없는 사랑에 초점을 맞춘다. 소재는 비록 과격한 시위 현장이고, 노조원 민혁의 심적 갈등이 처절하게 묘사되지만, 둘 다 흔히 말해 '돌씽'인 민혁 그리고 그를 향한 순덕의 지고지순한 사랑과 민혁의 친구 배 씨의 의리가 끝까지 잔잔하게 펼쳐진다. 이는 작가의 사회의식보다는 휴머니즘적인 색채가 더 강하기 때문일 것이다.

「뿌리와 뿌러지」는 문예미학적으로는 소설적인 완성도가 미흡한 부분이 다소 보이지만, 작가의 출신성분 혹은 그의 사고방식을 잘 알 수 있는 작품이다. 집안의 묘사에 참석하게 되면서, 현직 검사 신분으로도 집안 대소사는 물론 조상 묘지를 대하는 인척의 행동을 보며 지금까지의 자신을 반성하는, 어쩌면 교훈적인 설교를 듣는 듯한 느낌이다. 그러나 묘사에 참석하게 된 경위 그리고 묘사에 내려가 그가 보고 듣는 것들이 여실하게 그려지며 아버지를 생각하고 이제 아버지 나이가 된 지금 내 아들의 모습을 생각하면서 한 집안의 장손으로서의 몫을 찾고자 하는, 그리고 그런 정신을 이어주려는 주인공의 사고가 잘 그려져 있다.

「퍼즐게임」은 제목에 나타나듯이 최희영이 그려내던 이전의 이야기와는 조금 다른 작품이다. 소설적인 완성도는 물론이요 이제 그만의 색깔을 찾은 듯한, 앞으로의 작품을 기대할 수 있게 하는 단편이라 할 수 있다.

육군 장교의 외도로 태어난 주인공 나, 어머니의 죽음과 아버지의 무관심, 퇴역 후 이혼하고 홀몸으로 나타난 그에게 아내는 냉정할 수밖에 없고, 무엇인지 모를 힘에 이끌려 그를 간호하다 지쳐 결국에는 아내와 이혼을 앞두게 되고 끝내는 자살을 택하지만 그의 목숨을 구하는 것은 병상에 누워있던 그 육군 장교 – 아버지라는 것. 비로소 '아버지'라 부르며 아버지의 신장이식을 위한 검사를 예약하며 소설은 끝나지만, 그 여운이 길게 남는다.

육군 장교는 두꺼운 종이로 된 퍼즐 게임을 사 오기도 했는데, 나는 항상 마지막 서너 조각을 맞추지 못했다. 내가 울어버리면 육군 장교는 뒷주머니에서 퍼즐 조각을 슬그머니 꺼내 놓았다. 또 내가 눈물을 미처 훔치기도 전에 나를 가슴에 안고 밝게 웃는 모습을 보면, 외할머니가 예사로 한 말이 아니라는 것을 느낄 수 있었다.

나는 육군 장교에게 안긴 채 어머니를 바라보기도 했는데, 어머니는 나와 육군 장교의 군인 놀이가 마냥 즐겁지 않아 보였다. 내 시선이 어머니와 마주쳤을 때만 겨우 힘겨운 미소로 답했을 뿐이었다. 이를테면 좋다거나 싫다거나 그런 표정은 절대 아니었다.

— 「퍼즐게임」에서

주인공인 나의 삶이 띄엄띄엄 그려지지만, 독자들은 아주 쉽게 한 편의 드라마로 엮어 읽어낼 수 있다. 어린 시절 그 장교가 사다준 퍼즐을 맞추는 게임이 주인공의 의식에 깔리면서 결국 마지막 퍼즐을 맞추는 것으로 결말을 맺는다. 즉 혼외자인 아들과 친아버지가 혈육의 정을 회복하는 모습이다. 어찌 보면 막장 드라마의 소재 같은 내용이지만, 소설 전반에 서술된 나의 의식들이 정말 퍼즐 게임을 하듯이 하나하나 맞추어가게 되는 작품이다.

　「스콜을 기다리며」에는 최희영의 해외 건설현장 근무 경험이 진하게 배어 있다. 작가가 익히 보았을 장기 해외근무자들의 현지처와 혼외자 그리고 그들을 대하는 모습들이 마치 눈앞에 보듯이 그려진다.

　사업에 실패하고 아내와 사별한 K. 그는 베트남에 현지처 기앙을 두고 아들 휴이를 낳았다. 외가에 맡긴 딸 수빈은 행정고시에 합격했다 하고 둘째 유빈은 대학생활에 바쁘다. K는 몸은 비록 현지처와 혼외자인 휴이 곁에 있지만 마음만은 늘 딸들에게 가 있다. 오랜 해외근무를 통해 돈을 모아왔고, 이제 가족이 다시 모여 함께 살 날을 꿈꾼다. 그리고 사업장의 일이 완료되고 다른 사업장으로 갈 수도 있지만, 끝내는 기앙을 속이고 한국으로 귀국한다.

　그러나 그가 기대하며 찾아온 가정은 한국에 없었다. 두 딸은 일과 학교생활로 더 바쁘다. 오붓하게 집밥을 생각한 그이지만, 딸들은 간편하게 외식을 찾고, 아버지와의 재회의 기쁨은 잠시이고 그들만의 일을 찾아 집을 나가버린다.

딸들에게는 이미 아버지의 자리가 필요 없었던 것이다.

시내를 배회하다가 그것을 깨닫는 순간 오로지 자신만을 바라보며 기다리는 기앙이 전화를 하여 그의 안부를 챙긴다. 결국 K는 그가 있어야 할 자리가 어디인지를 알게 된다.

두 딸이 사는 아파트로 돌아왔다. 아무도 없었다. 있을 리가 없었다. 이미 말하지 않았는가. 사무실 출근과 MT 간다고.

K는 딸들에게 선물로 준비했던 핸드백과 파카만년필 그리고 장모님에게 드릴 수제 머플러를 거실 탁자 위에 가지런히 놓았다. 그리고 가방에 짐을 다시 챙겼다. 짐이라야 아직 꺼내지도 않았지만.

김 씨에게 전화를 했다.

"형님, 스콜 내려요?"

"아직이야. 하긴 날이 꾸무리한 게 한바탕 퍼부울 것 같아. 근데 자네 오는 거지? L전자 현장 됐다며?"

하노이행 비행기 티켓은 언제든 구할 수 있어 다행이었다.

— 「스콜을 기다리며」에서

소설의 첫 장면부터 스콜을 기다린다. 더운 날씨를 시원하게 해 줄 스콜. 한 번 퍼부으면 조금 시원해질 것 같은 스콜이지만, 내릴 듯 말 듯 시원하게 내리지 않는 스콜. 바로 K의 심리이다. 뭔가 답답한 느낌일 때 우리는 시원한 것을 찾는다. K가 그러하다. 베트남에서의 해외근무를 어떻게 마무리 하고 한국으로 돌아가는가, 현지처 기앙과 그와의 사이에 낳은 휴이를 어떻게 떨쳐내고 가는가, 이것이 그의 가슴을 답답하게 하는 문제들이다.

제목과 어우러진 '스콜'을 기다리는 K의 마음은 결국 자신이 있어야 할 자리를 찾는 것으로 스콜을 대신한다. 아마도 그가 베트남으로 갔을 때 시원하게 스콜이 내리지 않았을까.

이 작품에서는 해외근로자의 문제에 요즈음 많이 대두되는 다문화 가정의 문제까지 곁들여 말한다. 휴이의 한국어 공부, 혼인신고를 않고 사는 해외 근로자와 현지처의 모습은 국내의 여러 다문화 가정을 생각하게 한다.

이 창작집의 표제작인 「엇모리」를 보자. 계간 『한국작가』의 신인상 심사위원들은 이 작품을 이렇게 평했다.

최희영의 「엇모리」는 운명의 질곡을 벗어나지 못하고 괴멸하는 인생의 참담한 삶을 다루고 있다. 정신지체아 아들을 둔 노모가 장남의 반대를 무릅쓰고 난쟁이 처자를 며느리로 맞아 살림을 차리게 해준다. 정신지체라는 지적능력의 미달이란 난쟁이로는 신체 조건은 둘 다 일종의 운명적 조건이라서 개인의 노력으로는 극복할 수 없는 삶의 조건이다.

이러한 삶의 질곡에 '출산'이라는 인간의 본능적 생명계승의 문제가 제기되고, 신체적 악조건으로 인해 오해에 휩싸인 나머지 그 부담을 넘어서지 못하고 자살하는 것으로 사건이 처리되어 있다. 자살로 판명되긴 했지만 강요당한 죽음이라는 의혹에 휩싸이고 그 의혹이 명쾌하게 풀리지 못한 상태에서 서술자인 나(큰아들)의 의식은 분열을 겪는다. 이러한 의혹과 그에 대한 거부감이 텔레비전의 '엇모리장단'이란 프로그램과 주도적으로 얽혀 소설의 기법에 어느 정도 접근한 작품으로 판단된다.

　　　　　　　　　　　　　　　─ 「한국작가」 소설 심사평에서

다소 긴 인용이었지만, 소설의 줄거리는 물론 평가까지 잘 읽을 수 있다. 맏아들인 칠봉과 뇌성마비 동생 칠석, 그 동생을 어거지로 난쟁이에게 장가보내는 어머니, 그리고는 어머니는 혹독한 시집살이와 함께 정상적인 임신을 불륜으로 몰아가고 난쟁이 제수씨는 자살로 결백을 말한다. 결과는 자살이지만 그렇게 몰고간 것은 어머니의 오해와 박해이다. 동생의 자위행위를 목격하며 진실을 알게 되지만, 진실이 밝혀진들 무슨 소용이 있겠는가. 그렇기에 엇모리 장단이다.

엇모리는 중간에 박자가 바뀌는 것이다. 그것이 틀린 박자이건 새로운 박자이건 일정하지 않은 박자임에는 틀림이 없다. 오해에 따른 자살 – 진실과 결과 사이에서 칠봉은 엇모리장단에 맞춰 춤을 추는 것이다.

이런 이야기들이 아주 자연스럽게 서술되어 금방 읽게 된다. 작가 최희영의 능력이다.

Ⅳ

이상 여덟 편의 단편을 통해 우리가 알 수 있는 것은 작가 최희영의 모습이다. 소설 속에 그려진 여러 삶의 모습을 통해 우리는 그가 영남의 사대부 집안 출신이자 지극히 보수적인 사고의 소유자라는 사실을 알게 된다. 작품 곳곳에 그러한 모습들이 새겨져 있기 때문이다. 그러나 그것보다 중요한 것은 소설의 밑바닥에 깔고 있는 남다른 휴머니즘이다. 인간애라 할 그 사고는 작품 속 인물들 묘사만이 아니라 결말 처리를 통해 알 수 있다.

아울러 그가 그리는 여러 사건들을 통해 그의 관심사를 읽어낼 수 있다. 우선 눈에 뜨이는 것이 노인문제이다. 고령화 사회로 들어서는 이때에 노인문제는 심각한 것이 아닐 수 없다. 그런데 최희영은 고령화 사회에 속한 노인들을 단순한 늙은이로 그리지 않는다. 「꿈꾸는 달팽이」에서 비록 달팽이로 그려진 칠순 노인이지만, 그래도 꿈을 꿀 수 있는 여인으로 살아있다. 「기도」나 「퍼즐게임」 속 노인들도 분명 인간 본성으로 그려지지 결코 단순한 늙은이가 아니다. 비록 힘은 없으나 그래도 그들 가슴 속에는 인간으로서 갖추어야 할 것들이 온전히 살아있다. 그래서 작가의 휴머니즘이 돋보이는 것이다.

이와 함께 중년의 삶이다. 명퇴라는 말이 유행했듯이 중년의 가장들이 흔들리고 있다. 「겨울여행」이 그렇고, 「스콜을 기다리며」가 그렇다. 이미 사회적으로 크게 제기된 문제이기도 하지만, 최희영은 소설을 통해 우리 사회 전반에 걸쳐 있는 중년의 위기, 가정의 파괴를 지적하고 있는 것이다.

이와 함께 다문화, 노사분규, 장애인…… 등 여러 유형의 문제를 제기하는데, 그럼에도 그의 소설 속에는 예리한 사회의식보다는 따뜻한 휴머니즘을 느낄 수 있다. 노인문제, 노사분규, 다문화, 장애인……을 다루고 있지만, 첨예한 대립을 드러내는 것이 아니라 그 너머에 있는 인간 본연의 모습에 초점을 맞춘다. 그렇기에 독자들은 그저 무심코 읽어 내려 가면서 자연스럽게 소설 속 인물들의 삶에 동화된다.

이 창작집에 수록된 최희영의 단편들이 문예미학적으로 완벽한 작품들만은 아닐 것이다. 세세하게 지적하지는 않았지만, 혹자는 허점들을 말할 것이다. 그렇기에 작가 최희영의 한계를 지적하며 『한국작가』의 신인상 심사위원들은 '소재와 주제의 측면에서 시대감각의 청신한 포착을 소설적 형상화에 이끌어 들여야 할 것'이라 토를 달았다. 그러나 필자는 그런 염려를 하지 않는다. 그의 초고부터 당선작까지의 과정을 지켜봤기에, 작가 최희영은 심사위원들이 지적한 그런 문제를 얼마든지 극복하고 자신만의 소설을 만들어낼 역량이 있다는 것을 알기 때문이다.

앞에서도 말했듯이, 그의 나이만큼 농익은, 지금까지 그가 보여준 소설에 대한 열정의 결과가 이 작품집인 것이고, 이번 창작집 출간을 계기로 그는 한층 더 수준 높은 작가가 되리라는 것을 믿는다. 그렇기에 그의 다음 작품이 기다려지는 것이다. ■

엇모리 | 최희영 소설집

초 판 1쇄 인쇄일   2016년 11월 12일
초 판 1쇄 발행일   2016년 11월 17일

지은이   최희영
펴낸이   이정옥
펴낸곳   평민사
            서울특별시 은평구 수색동 317-9 동일빌딩 2F(202호)
            전화 (02)375-8571(代)
            팩스 (02)375-8573
            평민사(이메일) 모든 자료를 한눈에 —
            http://blog.naver.com/pyung1976

등록번호   제25102-2015-000102호

   값   13,000원

  ISBN   978-89-7115-628-5   03800